球體之蛇

道尾秀介

李彥樺 譯

（!）道尾秀介作品集10

（！）球體之蛇／目錄

世上只有一個的「世界」

總導讀／佳多山大地

道尾秀介是目前現代日本推理小說界中最受矚目的優秀新進作家。本文將藉著介紹從二〇〇五年的出道作《背之眼》到第七部長篇作品《鼠男》，來追溯這位一九七五年出生的年輕作家在轉眼之間便被認同為足以支撐下一個新時代新希望的軌跡。此外，關於各部作品的內容，為避免扼殺諸位讀者的閱讀樂趣，筆者將在後半部的「作品列表」中，簡單地寫出故事開頭部分。

道尾的作家出道之路，絕對稱不上順利風光。出道作《背之眼》是僅六年歷史的新人獎「恐怖懸疑小說大獎」（幻冬舍、新潮社、朝日電視臺主辦）的第五屆投稿作品。本作在評選過程中，引起了三位評審委員當中，領導新本格風潮的綾辻行人注意，獲得了第二名的「特別獎」。《背之眼》在恐怖怪奇的氣氛和邏輯推演上取得了絕佳的平衡，但在決選討論會上，評審卻認為此作受到京極夏彥《姑獲鳥之夏》之「妖怪系列」的強烈影響，以至於與大獎擦身而過。然而，道尾隨即在第二部作品，證明了自己的能力並不只是京極的跟隨者。

毫無疑問地，道尾在第二作《向日葵不開的夏天》發揮了身為新生代作家的真正價值。在出道當年十一月所發表的得獎後第一作，是一部以死後「輪迴轉世」的超自然——或是可說是佛教式——的設定為基底，融合了特殊且縝密的本格推理元素，成為一部描述「恐怖孩子」（enfant terrible）的傑作。道尾以抒情的筆法描寫了孩子們特有的殘酷和悲哀，在最後瘦小的主人翁所背負的「沉重故事」，讓人內心不禁湧起一股難以壓抑的哀痛之情。

二〇〇六年一月，第六屆本格推理大獎的入圍作公布之際，《向日葵不開的夏天》初次成為日本推理界的話題。道尾以一介新人之姿，和島田莊司的《摩天樓的怪人》、東野圭吾的《嫌疑犯X的獻身》等老牌作家同場較量。所謂的本格推理小說大獎，是由本格推理小說的創作者和評論家為主，在二〇〇〇年十一月成立的「本格推理作家俱樂部」所主辦的獎項。雖然道尾此時與大獎錯身而過（第六屆的得獎作為《嫌疑犯X的獻身》），不過這位出色新人的名聲已廣為推理小說讀者熟知。

接下來的《骸之爪》是以初次在出道作《背之眼》登場的「真備靈異現象探求所」所長真備庄介擔任偵探的第二部系列作。在佛像雕刻師工房接二連三發生的怪異事件，與二十年前下落不明的天才佛像雕刻師產生了關聯，描繪出工房主人家族的悲劇。這部作品令人聯想到作者敬愛的推理小說大師——橫溝正史名作《獄門島》（一九四九年），描述了人把人當成棋盤上棋子「操弄」的故事，徹底將讀者玩弄於手掌心。

第四部的《影子》則是和成名作《向日葵不開的夏天》走相同路線，以認知科學／腦科學為主題的優秀作品，同時也是作者獲得第七屆本格推理小說大獎的初期代表作。在故事結尾，作者將巧妙的伏線一一收攏之際，母親均已身亡的少年少女，終於得以放下背負的「沉重故事」。相較於《向日葵不開的夏天》，本作強調了未來破碎的家庭將可獲得重生的希望。

在這裡，筆者想稍微談一下「認知科學推理小說」。雖然聽起來有些複雜，不過不必覺得太困難。台灣的推理小說讀者，想必也已經讀過所謂「敘述性詭計」的作品，但由於列舉具體作品名稱，違反了閱讀推理小說的禮貌，所以筆者省略這個部分。所謂的「敘述性詭計」作品是以第三人稱的敘述不說謊的最低程度限制下，巧妙地保留部分情報，在劇情架構上花費各種心思，好比以上述的書寫方式讓讀者誤認登場人物性別或年齡的作品群。作品中人物（嫌犯）的詭計並非用來欺騙調查方（偵探），而是作者用來欺騙讀者的，這種帶有後設小說趣味的部分則在「解謎篇」攤牌。讀者在作者巧妙的誤導下，腦中產生一個「自以為的世界」，而以這個「自以為的世界」一路往下讀。也因此看到結局時，了解真相之後，便會感受到宛如世界崩壞的衝擊。道尾在乍看之下是冷硬派作品的第五部長篇作品《獨眼猴》便正面挑戰了正統的敘述性詭計。這部作品的形式雖然是聽力、視力比常人發達的超人們所演出的偵探劇，讀者在腦中自行構築的世界，卻在結尾被作者換上了另一種鮮豔色彩，掩卷時勢必會對真相目瞪口呆。敘述性詭計在《獨眼猴》中和作品主題緊密結合，讓讀者不得不承認自己的確會對「異於常人」露出歧視的眼光。

另一方面，目前被視為「認知科學推理小說」的作品群，指的是登場人物腦中有某種「錯誤」，而以這號人物（不可信任的敘述者）所看到扭曲「世界」為背景的推理小說。會出現這類作品，起因於所謂的現實和幻想是否真為對立的兩端？人類所產生最大公約數的幻想是不是就是所謂的現實？也就是說，對於人類而言，腦中的情況，恐怕是最貼近自身又永遠無法解明的神祕領域。我們永遠無法知道別人究竟在想什麼，對方到底怎麼「解釋」這個世界，這不正是一種日常中的冒險嗎？舉個比較俗氣的例子，當你暗戀A時，以及你向A告白後被拒絕，這兩種狀況使你對這個世界的看法大為改觀；你無論如何都不肯接受被A拒絕的事實，所以編織出「屬於自己」的故事——其實對方得了不治之症，就算喜歡自己，也不肯接受自己的感情；或者A是外星人，不被允許和地球人談戀愛。當事者並不認為「故事」來自於扭曲的看法，因而建立起一套堅強的世界觀。在他人看來，會覺得此人在日常生活中想必非常孤立。

然而，敘述性詭計作品和之後從該類作品所衍生的認知科學推理小說，兩者並非對立。讓讀者產生扭曲想法的作品是敘述性詭計作品，而登場人物想法扭曲的作品則稱為認知科學推理小說，這種說法其實只是為了方便區分。雖然作者在《向日葵不開的夏天》和《影子》明顯地展現了對於認知科學的興趣，不過當然不是只有人類才會思考。寵物中最受歡迎的狗，腦中應該也都有各自獨特的「世界」。第六部長篇作品的《所羅門之犬》，一方面讓探索動物情報處理能力的動物生態學家擔任偵探，一方面也是一部清新的青春推理傑作。

二〇〇八年三月的長篇作品《鼠男》，毫無疑問會成為道尾的代表作之一。在作品的構造上，重疊了和男主角姬川亮有關的過去、現在兩起「殺人案」，兩個案子都有多次翻轉。在這部作品中，道尾將事件前後的「脈絡」隨著情報的取得而改變結果的心理現象，以及有時看來像老鼠、有時像人類的《鼠男》畫作搭配得天衣無縫。也可以說，《老鼠男》與認知科學推理小說以及歷來的敘述性詭計作品不同，不如說是以阿嘉莎‧克莉斯蒂式「double meaning」（同樣的文章擁有多重意義）的手法，創作出來的優秀現代解謎小說。

對於備受期待的新進作家，實在無法在此時寫出有實際結論的作家論。不過，如果要說明道尾作品的特徵，應該是他對於「人類如何看待自己外側的世界」這個命題有強烈的興趣。也就是說，每個閱讀道尾作品的讀者自身所擁有的世界，與道尾作品中的世界產生碰撞，「謎團」便由此而生。所以，道尾才會經常以十歲左右的少年為主角，因為這個年紀即將進入青春期，開始意識到自己和家族以外的「社會」。如何理解現實世界，是會隨著人類成長而改變的。並不是相信聖誕老人實際存在的孩童「世界」很幼稚，而送給情人高價禮物的大人世界便是現實。不如說是慣於說謊的大人，不知不覺在「應該不是這樣」、充滿不安要素的世界中生存下來，不斷接受對於自己腦中「故事／世界」強度的批判，以及自我內心是否誠實的測試。在閱讀當代最出色的說故事高手所編織的謎團時，希望這世界上僅有的「你的世界」，能夠朝著更美好的方向改變。

作者簡介／佳多山大地

一九七二年出生於大阪，畢業於學習院大學文學部。文藝評論家，花園大學文學部兼任講師。一九九四年以〈明智小五郎的黃昏〉入圍第一屆創元推理評論獎佳作，開始在各媒體發表推理小說評論。第五十一屆日本推理作家協會獎「評論及其他部門」得獎作《本格推理小說的現在》執筆者之一。著作有《推理小說評論革命》（鷹城宏合著）等，並在競作短篇集發表首部短篇小說〈河邊有屍體的風景〉。

我驕傲地將這張畫拿給大人們看，問他們：「害不害怕？」
大人們反問：「一頂帽子有什麼可怕？」
我畫的不是帽子，是隻正在消化大象的巨蟒。

——《小王子》聖艾修伯里著

冬季景色無聲無息地反轉。在這熟悉的景色裡，有著高掛銀色星星的聖誕樹、頭戴紳士帽的雪人，還有雪人背後的兩層樓西式洋房。

眼前的一切上下顛倒了。

接著景色再度轉向，恢復原本的方向，速度比剛剛翻轉時慢得多。雪花自清澈的天空緩緩飄落，有的掠過聖誕樹的枝葉，有的積在雪人的帽上，有的輕拂屋頂斜面。過了一會兒，雪停了，景象再度籠罩在靜謐中。我總是花很長的時間凝視這寧靜無聲的景色，並思考一個問題。

——如今的我是在景色之中，還是景色之外？

一如往常，我沒找到答案，只能再次閉上雙眼，讓這熟悉的景象從視界中消失。身後的老舊燈油暖爐吐著熱氣，發出單調聲響，另一頭傳來細微的時鐘滴答聲。廉價的機械時鐘高掛牆上，默數著每一秒。我知道我該出門了，要是錯過這班特快車，將趕不上喪禮。

身著喪服的我沒有抬頭，只是輕輕張開眼，站起來。

前往喪禮會場的路上，我知道我一定會想起十六年前的事。我會想起乙太郎那黝黑的手臂、奈緒的堅毅眼神、小夜的悲哀傷痕、時晦時明的大海、以及那個人的削瘦笑顏。

天底下最難的事，是遺忘。即使再怎麼不願想起，記憶迴路總在某個時機被觸發串聯，腦中閃過像是發光二極體的藍色冷光。由回憶組成的陰影會映照在頭蓋骨的壁面上，逼著我以眼球的內側凝視。

無法閉上眼睛，也無法轉移視線。

能觸發記憶迴路串起的狀況因人而異。以我而言，包含雪景、海浪聲、燃燒、皮膚上的可怕傷痕、蟬鳴、死亡、謊言及音樂盒。正因為契機如此之多，那道藍色冷光在我腦袋中從不曾熄滅。這十六年來，沒有片刻熄滅。

我步出門外，走下公寓樓梯，看著雪花自午後的天空飄落。

(!)

第一章

(一)

一九九二年秋。

這天，十七歲的我在陌生人家的廚房裡，褲襠內那東西猛然硬了起來。但我不擔心被其他人看見褲子鼓起的窘態。所謂的「其他人」，指的是屋主、穿著短裙的少女及乙太郎。為什麼不用擔心？因為我的下半身埋在地板下，他們只能看到我腹部以上的身體。

沒錯，廚房地板上只露出我的上半身。

乙太郎的全名是橋塚乙太郎，他經營一家名為「橋塚驅蟲」的公司。雖然號稱公司，其實員工只有一名，那就是身兼社長職的乙太郎自己。不過，自這年夏天起，乙太郎在週末雇用了一名工讀生。那就是我。

「你們趁我不在時闖進我家，擅自鑽到地板下，難不成我還要跟你們說聲辛苦了？」

「是、您說得是……」

我趁乙太郎在挨屋主罵時，努力設法讓褲襠裡那東西恢復冷靜，否則我沒辦法爬出去。如果屋主發現我兩腿之間高高鼓起，恐怕事態將更加難以收拾。

事情原委是這樣的。

橋塚驅蟲公司專門幫人驅除白蟻，也就是消滅啃食木造建築地基的白蟻，然後收取費用。整個收費流程跟其他同業差不多，第一步是挨家挨戶登門拜訪，多半會被拒於門外，若能幸運取得屋主同意，就鑽進那棟屋子的地板下檢查有無白蟻為害。如果沒有白蟻，就乖乖摸著鼻子離開，到下一家碰碰運氣。但如果在地板下發現白蟻，或是因屋子太老舊，除蟲效果消失而出現害蟲孳生的狀況，就可以談生意了。太太、妳這房子再不驅蟲就危險了；先生、要是等到房子垮了再想補救可就太遲了。像這樣一邊危言聳聽，一邊開出消毒地基的價碼。金額因建築物大小而不同，一般約在十五萬至二十萬之間，橋塚驅蟲的收費比同業便宜一些。

「什麼免費檢查，天底下哪有這麼好的事！你們這些生意人要是總免費幫人檢查，豈不是等著喝西北風？」

「不，檢查真的是免費的……」

乙太郎話還沒說完，就被屋主打斷。

「你們檢查完，肯定會說得天花亂墜，這裡也不好，那裡也糟糕。我就是懶得聽你們囉嗦，才不想讓你們檢查。」

「但是……我們這次檢查是經過您太太同意的……」

「你哪隻眼睛看她像我太太了！」

屋主朝一臉哀怨坐在地上的少女甩了甩下巴，放聲大吼：

「她是我女兒！你瞎了嗎？」

他女兒正是讓我褲襠脹大的罪魁禍首，當然屋主、乙太郎，以及身為當事人的她都不知道這件事。

「哎喲，原來是令嬡……」

乙太郎無奈地縮起脖子。他跟我一樣身著灰色連身工作服，腰部以上全是汗水。

「爸爸，都是我不好……」

女兒想說話，也被父親打斷。

「不關妳的事！」

屋主對女兒說話的口氣溫和了一些。

女兒一直垂頭喪氣地坐在地上。我只希望她快站起來，不然從我的角度看去，她的裙底風光一覽無遺，只要她不站起來，我就永遠無法從地板下爬出來。

「天下沒有白吃的午餐，這道理誰不知道？想騙我的錢，可沒那麼容易。」

「我們怎麼敢騙您呢，您言重了……對吧？」

乙太郎忽然轉頭要我的附和，我將身體往前湊，不管三七二十一地猛點頭。

對我們而言，在陌生人家中挨罵並不是什麼稀奇的事。開罵的有時是先生，有時是太太。雖然我們檢查前都先徵求過屋內人的同意，但檢查途中若是先生（或太太）回來了，往往會對我們大吼：「你們竟敢趁老子（老娘）不在，來我家撒野！」他們不敢對同意我們檢查的另一半發飆，只好把怒氣發洩在業者身上。

這次的狀況較嚴重些，因為乙太郎誤認他說服的是屋主的太太，沒想到竟是女兒。兩個大男人闖進落單閨女的屋子裡，老爸回來撞見豈有不暴跳如雷的道理。而且乙太郎在事前對女兒的說明似乎不足，讓她誤以為我們是市公所派來的，才同意我們免費檢查家中地基。

「那邊那小子，你要窩在我家地板下到什麼時候？還不快出來！」

「是、是。」

要鑽進一棟建築物的地板下，最簡單的方法是拆開廚房的地下儲物格（註）。要

註：日本房屋的廚房有些會設置地下儲物格，可放置食品。

將那裡頭的方形塑膠箱搬走並不難，移開它後，就能看見下頭的地基。我這次也是用這個方法。我的任務就是要鑽入地板下檢查有無白蟻蟲害。乙太郎付我日薪五千圓，就是要我做這個。一人在地下檢查，一人在地上解說，較容易讓屋主理解狀況。例如我在地下說一句：「這裡的柱子都發霉了。」乙太郎就會應一句：「看來這裡濕氣重，這種環境最容易出現白蟻。」我如果說的是：「這周圍有很多小蟲。」乙太郎就會說：「看來除蟲效果已經消失了，得及早補強才行。」

這一天，我檢查完地基，才剛從地板下探出頭，就看見的少女坐在地板上，興致盎然地望著我。她的裙底風光一覽無遺，我心裡正高喊「真走運」，下半身已相當老實地出現反應。就在這時，她老爸回來了。

「還不快出來？」

「是、馬上出來。」

我一邊回答，一邊偷偷往兩腿之間摸去。鼓脹還未完全消退，但在我剛剛一直緊盯著屋主看的努力之下，大概已降低到不會被發現的程度。於是我爬上地面，小心翼翼不揚起一絲塵土，脫下連身工作服。就在我忙著將沾滿泥土的衣服塞進塑膠袋裡時，屋主滿是懷疑地瞪著我說道：

「你沒在我家地板下動什麼手腳吧？」

「沒有……當然沒有……」

我知道他指的是什麼意思。據說有不肖業者會打著免費檢查的口號鑽入地板下，拿出事先藏好的一袋白蟻，再對屋主聲稱是在地板下抓到的，藉此誆騙屋主付錢驅蟻。畢竟檢查的地點一般人看不見，就算玩這種詭計，也不會被發現。乙太郎以前跟我說過，驅蟲業界的名聲向來不太好，就是因為這個緣故。然而我到目前為止還沒聽說有哪家業者真的幹過這種事。

「夠了，你們快給我滾出去。」

我們聽到這句話簡直如獲大赦，乖乖收拾東西，縮著肩膀走出廚房。

「對不起……」一直低著頭的女兒忽然呢喃。

那少女的年紀大概二十歲出頭，雖稱不上美女，但有張圓圓的俏麗臉蛋。我跟乙太郎怕一開口又得挨罵，只能默默點頭，朝大門走去。隨著我們離廚房愈來愈遠，瀰漫在空氣中的怒氣似乎逐漸散去。我跟乙太郎如釋重負，手腳也變得輕盈多了。就在我們鬆了口氣，在門口快速穿鞋的時候，屋主突然喊道：

「喂，等等！」

我跟乙太郎一起回頭。屋主竟朝我望來，我一顆心七上八下，不知他又要找什麼碴。

「……是。」

「有嗎？」

「咦？」

「到底有沒有？」

「有什麼？」

「當然是白蟻！」屋主不耐煩地吼道：「你不是檢查了嗎？到底有沒有白蟻？」

我一時差點笑出來，幸好及時忍住，搖頭說道：

「沒有，請不用擔心。」

「噢。」屋主臉上閃過一絲安心，旋即粗魯地轉身，大步走回廚房。

（二）

「到底有沒有白蟻？」

「噗……」

「你說啊，到底有沒有！」

「噗哈……」

「還不快給我說！」

「哇哈哈哈哈哈哈！」

乙太郎的誇張模仿讓我不禁捧腹大笑。他學到後來，自己也笑了，在水泥堤防上翻來滾去，反應比我還大。

「那、那傢伙到頭來還不是在擔心！」

乙太郎邊說邊喘，原本被太陽曬黑的臉孔此時脹得通紅。

「那、那……那個白目老爹！」

我們現在所處位置是漁港的堤防上。

每當休息時間，乙太郎就會將營業用的公務車開到港邊，再帶著我走到堤防邊坐下。我們總是看著大海，乙太郎抽菸，我喝罐裝咖啡，說說客戶的壞話，吃著奈緒早上為我們做的飯糰。乙太郎偶爾會像這樣模仿客戶的言行，跟我一起哈哈大笑。

笑了一陣後，乙太郎懶洋洋地翻身坐起，吁了口氣。秋日的午後，遠方的漁船靜靜地航行在微弱陽光照耀下的海面上。徐風帶著海水味拂上臉龐，每當我深深吸上一口氣，便能意識到自己正處在海邊，這種感覺真不賴。

「……阿友，對你真不好意思。」乙太郎嘴裡呢喃，拿出Hi-Lite牌香菸點燃。

「連累你被罵了。」

「有什麼關係，我覺得挺有趣呢。」

「真的？」

我的名字是友彥，從小乙太郎便叫我阿友。

「回去後模仿給奈緒看，她一定會笑到滾三圈。」

「有那麼好笑嗎？」

乙太郎那滿是皺紋的臉上露出笑容。忽然間，他脫掉防滑鞋，抓起腳底。

「天啊，真癢啊……」

乙太郎住在某個沿海的小市鎮。那幾年，我一直寄宿他家，與他及他女兒奈緒三人共同生活。乙太郎跟我沒有血緣關係，他原本只不過是我的鄰居。我母親離家出走後，父親為了工作搬去東京，當時我堅持不跟父親走。那或許是我有生以來第一次大吼。就這樣，乙太郎收留了我，讓我住在他家。

奈緒比我小兩歲。我們剛一起生活時，關係相當正常，就像一般的青梅竹馬，一起吃飯、一起歡笑，偶爾在上廁所或洗澡時才意識到對方是異性。

「好癢好癢好癢……真暢快……咦？」

乙太郎抓癢的動作忽然停住，他愣愣地看著遠方。

那是一輛白色腳踏車。港邊並排停泊許多漁船，各自豎立著聚魚燈及無線電天線，船舶的另一頭，可看見一條沿著海岸線而行的道路。那輛腳踏車由左向右往K町前進，速度不快也不慢。車上坐著一位女性，她有著蓋過肩膀的黑色秀髮，那看似柔軟的髮絲在風中飄逸，彷彿在追逐著她的白皙臉龐。

「快看，那女的長得不賴。」

「是嗎？」

我不置可否地回答，其實我比乙太郎更早注意到她。早在乙太郎還渾然不知時，我就被那名女性深深吸引了。

我已不是第一次在這裡看到她。她的年紀看起來比我大一點……不，搞不好大很多。她每次出現在我眼前，距離總有五十公尺，我看不清楚她的長相，只知道她很嬌瘦，總是微微低著頭，飄散著一股惆悵的氛圍。

「之前好像見過……」

「伯父，你太後知後覺，她可是常常經過。」

「是嗎？阿友不愧是年輕人，眼睛真尖。」

那個人的身影早已消失，乙太郎依然愣愣望著她離去的方向。煙霧從他指縫間的菸頭冒出，飄過身穿工作服的胸口，消散在海風中。

我之前便一直有種感覺，我想現在的乙太郎應該也有同樣的想法。

那個人好像小夜。

小夜是乙太郎的另一個女兒，是奈緒的姊姊。她在國中二年級時過世，說她跟騎腳踏車通過濱海道路的人很像其實有點怪，畢竟年齡不符，但她們就是有種莫名的相似感。

「你還記得小夜曾失蹤過一次嗎？」

乙太郎將臉轉回面向海。

「記得。」

「那件事鬧得真大。」

「嗯。」

乙太郎沒再說話，他迅速抽完最後幾口菸，將菸蒂拿到地面上捻熄，神采奕奕地站起來。乙太郎的個頭雖矮，但體格壯碩，由下往上看，彷彿比我還高大。

「好了，該工作了。」

乙太郎伸個大懶腰，往左右兩邊各扭一次身體。

（三）

「啊啊……」

乙太郎縮在客廳角落，露出一臉陶醉的表情。

「哦哦……」

他正拿著香港腳的藥往腳底塗抹。

「爸爸，你別發出那麼噁心的聲音。」

正將味噌湯擺上餐桌的奈緒皺起眉頭。

「什麼噁心，妳不懂，這超舒服的。我愛死香港腳了。」

「那藥臭死人了。」

藥水的刺鼻臭味與蛤蜊味噌湯的味道相結合，瀰漫在客廳中，還加上不時從廚房飄來的烤秋刀魚香氣。

「啊，我忘了磨白蘿蔔泥。阿友，你幫我磨一下。」

原本愣愣看著電視新聞的我聽到奈緒的呼喊，起身走向廚房，拿起刨絲板及半條白蘿蔔，正要乖乖磨泥之時，奈緒突然從背後冒出來咕噥：

「喂，你好歹也先沖一下水吧。」

「要沖水？」

「而且你沒削皮。」

「要削皮？」

奈緒怎麼吩咐，我就怎麼做。她拿著啤酒跟一盤毛豆到客廳去給乙太郎，我聽見打開瓶口的清脆聲音、瓶口與杯口碰觸的敲擊聲，幾秒鐘之後，便傳來乙太郎誇張的讚頌。

「啊啊……這季節喝啤酒最棒。」

乙太郎的這句話一年到頭都聽得到。

「白蘿蔔泥磨好了。」

「謝謝……等一下，你把半條全磨了？」

奈緒一邊嘀咕，一邊將我磨好的白蘿蔔泥分別倒進三個大盤子裡。

吃晚餐時，乙太郎對著奈緒又模仿一次白天那屋主對我們的訓斥，而且比在漁港表演給我看時更加誇張。奈緒笑到把嘴裡的飯噴出來，我也笑了，乙太郎自己更是笑得前仆後仰，只見他把盤起的兩個膝蓋高高抬上了天，整個人維持著奇妙的平衡。

「好好笑……」

「好笑吧……好笑吧……」

「到底有沒有……噗噗……」

等到大家終於調整好呼吸，奈緒擦擦眼角的淚水，深吸一口氣，問乙太郎：

「……後來呢？」

「後來？啊，妳說好笑的客人嗎？沒了，今天就這一個，其他都很無聊。」

乙太郎做出像在揮散煙霧的動作，豪邁地喝了一大口啤酒。奈緒繼續吃飯，臉上殘留著笑意。——但不知是不是我的錯覺，她用筷子俐落挾秋刀魚時的眼神，似乎帶著一絲憂愁。

「不只那老爹，每個人都有很多面，這就是人有趣的地方。」

乙太郎一邊自言自語，一邊搖頭晃腦。啤酒讓他的額頭黑中透紅。

「就像這毛豆一樣，看起來只有一條，其實裡面的豆子有好幾顆。」

乙太郎看著手上的毛豆，時而拉遠，時而拉近，說得煞有介事。接著他嘟起嘴，將裡頭的豆子吸進嘴裡。沒多久，瓶裡的啤酒都被他倒完了。奈緒默默地站起來，什麼也沒問，朝廚房走去，綁在頭後的馬尾隨之擺動著。接著我便聽見開冰箱的聲音，以及啤酒瓶的輕碰聲。

「唉……每天帶回來的只有笑話，也不是辦法。」

乙太郎突然輕聲嘆氣。我啜著味噌湯，望向他。他看著手上的毛豆，神情突然變得落寞。

「這工作不知還能做多久。趁著還有收入，至少要幫她存到大學學費。」

「嗯。」

現在回想起來，當時白蟻驅除業界正處於轉型期，愈來愈多新屋在興建時採用「灌漿基礎工法」，地基用水泥打造，因此全國各地蟻害問題逐漸減少。

「這工作是週末特別忙。阿友，下星期你要加點油，找出一些白蟻老大。既然是免費檢查，找不到白蟻可是半毛錢都拿不到的。」

我點點頭，回想著剛剛奈緒那嚴肅表情背後所代表的意義。這個週末乙太郎接到好幾件免費檢查的案子，但我鑽到地板下一看，沒一家有白蟻出沒的跡象，到頭來一份驅蟻契約都沒簽成。奈緒從乙太郎的態度及我們的對話中，大概也看出端倪了。

當時奈緒高一，再過一年，就得煩惱畢業後的出路。她喜歡看書，曾說過想要讀大學的文學系，就算是短大（註）也沒關係。但升學需要一筆錢，這個家庭雖稱不上貧窮，但也並不富裕。

「阿友，你應該也會念大學吧？」

「嗯，有這打算。」

「你想讀什麼？」

「應用生物學吧，或許可以學到一些關於白蟻的知識。」

「真的？到時你可得多教教我。應用生物學，聽起來真帥。」

從國二到現在，我在乙太郎家裡已住了四年，不過我並沒有連生活費都仰賴乙太郎，父親每月會匯一筆養育資金到乙太郎的戶頭，學費也會全額支付。

我父親任職於大型外商企業，比乙太郎有錢得多，而且是一流國立大學畢業，擁有傲人學歷。他的膚色很白，戴著眼鏡，一副斯文模樣，怎麼看都不像是住在這種濱海漁村的人。據說他在念小學時，是全班女生仰慕的對象。他為人客氣謙虛，在街坊鄰居中的形象很不錯，但卻不是個愛家的男人。因為這個緣故，母親在四年前離家出走；因為這個緣故，父親被調職時，我堅決不隨他搬到東京；當然，正因為這個緣故，父親也毫不心軟地把我丟在這裡。

「啊，有人來了。爸爸，啤酒你自己開一下。」

註：短大指的是兩年或三年即可畢業的短期大學。

就在奈緒拿著啤酒瓶走來時，門鈴響了。她小跑步奔向玄關，沒多久走了回來，從電視櫃拿出錢包，又走出去。我聽見門口傳來細微的說話聲，那個人似乎是來收報費的。

「每個月的報費可也不便宜，我們只訂早報，應該算半價才合理。」

乙太郎一邊咕噥，一邊拿起開瓶器，抵在瓶口上。但他稍微猶豫後，沒有打開瓶蓋。

「……還是喝一瓶就好。」

他將開瓶器放回桌上，拿起毛豆吸了起來。

「伯父，我跟著你東奔西跑很開心，工資拿不拿都無所謂。」

我盡量說得輕描淡寫。

「……無所謂？」

但我馬上就後悔了，因為乙太郎的眼神簡直像是抓到背叛者。

「為何這麼說？」

「我的意思是——」

「你在瞎操什麼心？」

兩個月前，乙太郎問我要不要打工時，我二話不說便答應了。除了想要零用錢之外，更大的理由是我不希望虧欠橋塚家太多，我想要擺脫受惠者的立場。這種想法或許乙太郎也察覺了。就在我吃飯不敢添第二碗、晚上在屋內走動總是躡手躡腳的時候，乙太郎向我提出打工的建議。

「有你在旁邊幫忙，我可是輕鬆多了。」

「我知道。檢查的時候，兩個人比一個人好辦事。」

「既然知道，就乖乖給我拿錢。」

乙太郎把「乖乖」這兩字說得特別緩慢，氣勢嚇人。

「我對客人做白工，你又對我做白工，我們豈不是成了白工公司。」

乙太郎瞪了我一會兒，突然以鼻孔輕吁一口氣，轉過頭，以積滿污垢的指甲在桌上敲著，忽然彈了一下舌頭，露出戲謔的表情。

「阿友，你也喝一杯！」

他拿起剛剛放回桌上的開瓶器，興高采烈地打開瓶蓋。

吃晚餐時，乙太郎偶爾會像這樣要我陪他喝一杯啤酒。

「話說回來，夏天都過那麼久了，怎麼還這麼熱？真受不了這熱氣，簡直和香港腳一樣難纏。就把今年夏天取名為『香港腳之夏』吧。」

乙太郎豪邁地將啤酒往我的杯裡倒，臉上堆滿笑容。回想起來，我從沒見過乙太郎露出所謂的微笑，他的笑總是動用全臉的肌肉。

杯裡的氣泡多得快滿出來，這樣的啤酒實在不好喝。不，其實並非氣泡太多的關係，當然也跟氣氛無關，純粹是因為當時的我還無法體會酒的美好。

「收據放哪裡好？」

奈緒走回來說道。

「隨便放著就好。」

「我放在指甲刀的旁邊。阿友，你怎麼也喝起來了？」

「他叫我喝一杯。」

「奈緒，妳要不要也來一杯？」

乙太郎拿起酒瓶，抖著眉毛說道。奈緒聽了，一副理所當然地去廚房拿杯子。這反應倒有些難得，平常不管乙太郎好說歹說，她也只會笑著回答「不要」。

「阿友……你不覺得她最近變得有女人味了嗎？」

乙太郎低聲問。我也壓低聲音回答：

「那當然，她這年紀幾乎是個大人了。」

以燒飯洗衣的能力而言，奈緒甚至早已超越一般成熟女人。這個家裡的家事全由她一人扛起，我跟乙太郎雖然偶爾幫忙打掃，但說穿了只是在玩移動抹布或吸塵器的遊戲，實際上沒多大成效。

「話是這麼說沒錯，但我總覺得沒這麼單純。你不覺得她最近瘦了點嗎？她該不會是談戀愛了吧？阿友，你有沒有聽見什麼風聲？」

「沒有，我們念的學校又不一樣。」

「她沒跟你提起？」

「沒有。」

「沒看見過她跟男人走在一起？」

「沒有，你別什麼都問我。」

乙太郎賊兮兮地笑了幾聲，喝口啤酒後，忽然歪著頭望向壁龕旁的佛壇。

「愈來愈像了……你不覺得嗎？」

我也轉頭望向佛壇。

「是啊。」

我雖然這麼回答，但我其實不清楚他說的「像」，是指奈緒跟佛壇上的哪一張照片長得像，或許他沒有特意指其中哪個，因為佛壇上兩張照片裡的人也很像。一個是乙太郎的妻子逸子，另一個是小夜。這兩人都在六年前過世，小夜比逸子伯母晚了半年。

「下個月……就是小夜的七回祭（註）了。」

「嗯。」

「奈緒超越小夜的年紀，已經兩年了？」

「三年。」

「三年？日子過得真快。」

過世的小夜，在國中時已像個大人了。她從小就早熟，個性文靜、心思聰慧，是奈緒的美麗姊姊。相較之下，奈緒是個一天到晚往外跑，皮膚被曬成小麥色的天真女孩。無論任何人看見這對姊妹，都會抱持這樣的印象。然而當年那充滿稚氣的妹妹，如今卻一手包辦所有家事，皮膚也恢復原本的白皙。不管是舉止或容貌，看起來確實成熟穩重許多。

就在我們兩人看著佛壇發愣時，奈緒走了回來。

「阿友說妳變得有女人味了。」

「不、不是我說的！」

「你們發什麼神經。」

奈緒皺著鼻子笑了。

（四）

這一晚，奈緒幫我收起曬得有太陽香味的棉被。我躺在被窩裡，想著已過世的小夜。

那杯啤酒刺激著我的胸腹，我感覺它還在我體內冒著小氣泡。

直到現在，我依然認為自己是世界上最了解小夜的人。自從懂事以來，比起乙太郎或奈緒，小夜更願意對我敞開心房，這一點我未曾懷疑過。她才不是個「文靜端莊的姊姊」，或許只有我才有這種想法。小夜的雙親及妹妹都沒有發現真正的她是個怎樣的人。在她的心中一直有團靜靜燃燒的火焰，那是一團冷若乾冰，摸了卻會嚴重燙傷的火焰。從小我就被這樣的小夜深深吸引著。

註：七回祭（原文為「七回忌」）是日本傳統葬禮中祭拜死者的儀式，於死者過世後第六年舉行。

我想，我對小夜的感情不是所謂的愛情。雖然小夜就住在隔壁，但她對我而言就像一座神祕的森林。那時我年紀雖小，畢竟是男孩子，她這片難以捉摸的森林在我眼中充滿魅力。

某個大雪紛飛的夜晚，我曾幫助小夜逃家。

當時我才國小一年級，小夜則是國小三年級。

那天傍晚，我正在庭院的雪地上踩著腳印玩耍，忽然看見小夜從門那邊走進來。她身穿靛青色連帽外套，以帽子蓋住整張臉。雪下得正大，她的身影愈來愈清晰，彷彿穿透層層白雪薄膜來到我面前。

——我想逃家。——

她突然對我說。

我頓時目瞪口呆。她那張藏在帽中的臉，看起來比平常還要蒼白，像是不曾有人踏過的雪地般毫無表情。

——我不想住在家裡了。——

——為什麼？——

——沒為什麼。——

小夜的黑色眼睛以比我高數公分的角度俯視我。

——妳不回家，要住哪裡？——

——住阿友家。——

我再次驚訝得張大口。

——讓我住在那倉庫裡，你每天幫我偷偷送飯來。——

她望向庭院角落那間被大雪覆蓋的木造倉庫。

——可是一定立刻會被發現的。——

我們站在積雪的庭院裡，我呼出白色氣息，但小夜吐出的氣息卻是透明的。當然我知道這不合理，想必是我對她的印象造成記憶中的氣息色彩被消除了。小夜的胸中總是深藏著冰冷的想法，令我不禁想像她連吐出的氣息也是冷的。

——那就讓我躲到被發現為止。——

接著小夜向我下了指示。她要我在一小時後去她家按門鈴，不管應門的是乙太郎伯父、逸子伯母或奈緒都好，就說我跟小夜一起去漁港玩，小夜卻突然不見了。

我猶豫很久，最後還是照做了。當時還不到一月，雪卻下得很大。我的心情本就因大雪而雀躍，加上受小夜委託祕密任務的虛榮心作祟，讓我興奮得下腹部隱隱發疼。應門的逸子伯母見我神色異常，反而對我說的話更加深信不疑。

事情一發不可收拾。

消防隊及熱心村民組成搜救隊，在漁港周圍展開地毯式搜尋。他們大喊小夜的名字，神色焦急地檢查每一艘船上霧氣迷茫的船艙，並打開漁業公會倉庫的鐵門，審視每一張魚網、每一捆繩索的陰暗處。數名潛水夫更冒著嚴寒鑽入海中搜索。陰暗的海面有如白色雪地上凹陷的巨大洞穴，探照燈的朦朧光線不斷來回飄移，聽不清內容的呼喊聲此起彼落。我站在漁港旁邊的道路上，穿著兩層外套，被母親抱在懷裡，眼睜睜地看著港邊發生的一切。當時我年紀太小，根本不知道自己的謊言會帶來如此嚴重的後果。我害怕得不得了，不敢說出真相。因為我的一句謊言，竟惹出這麼大的事端。大人為了我而聚集，大聲呼喊，甚至鑽入冰冷的海中。

十點多，我在母親的陪伴下回到家中。這天電車因大雪的關係停駛，父親此時還被困在公司無法回家。母親叫我先睡，她一個人坐在客廳的電話前等待搜救結果。

我上二樓進了自己房裡，隨後又趕忙躡手躡腳地下樓，一出後門便朝庭院的倉庫狂奔。

夜晚安靜得令人難以置信。我赤腳踏過雪地，輕輕拉開倉庫門。小夜正抱著膝蓋坐在裡頭，她的一對眼睛閃爍著光芒，在黑暗中朝我射來。

——大家都在找妳！好多大人跳進海裡！——

我忍著淚水，兩肩承接著紛紛飄落的雪片，嘶啞著嗓子說。恐懼與寒冷讓我的牙齒不停打顫，赤裸的雙腳幾乎凍僵。

我聽見細微的吐氣聲。就在我的眼睛稍微適應倉庫中的黑暗時，我看見抱膝坐在倉庫內的小夜竟然在笑。那是一種發自內心的含喜淺笑，彷彿正在觀賞一齣自己最喜歡的人偶劇。

我更加害怕了。

這時我終於懂了，小夜早料到會有這種結果，早已預期了這場大騷動。整個村子鬧得天翻地覆，全肇因於她的一句「不為什麼」。

突然間我壓抑已久的淚水奪眶而出，不斷流過冰冷的臉頰。我跪在地上向她哀求，請她想想解決的辦法。此時我已不知該如何是好，只能期盼她的拯救。

——阿友，你哭的樣子真可愛。——

小夜淡淡地說了毫不相關的話。她慢慢站起來，走出倉庫。

——我差不多該回去了。——

小夜通過我的身旁，朝庭院門口走去。我急忙衝上去揪住她的外套。雪片落在我的手背上，奪走我的體溫。

——妳回去要怎麼說？難道要說實話？說我撒了謊？——

我連珠炮般地追問，小夜只是露出疑惑的表情，點點頭說道：

──你本來就撒了謊，不是嗎？──

剎那間我感到意識模糊。我知道這麼一來，肯定會挨罵。那些在海邊忙得焦頭爛額的大人們，會狠狠責打我一頓。

──小夜……──

除了呼喚她的名字，我無計可施。我的思緒太過紊亂，連一句話也說不出口。

──小夜……──

她冷冷地看著我一會兒，忽然又像剛剛一樣輕輕吐出氣息，笑了。

──如果我感冒了，記得來找我玩。──

我不懂她這句話是什麼意思。

她丟下茫然若失的我，走出庭院。

隔天一早我醒來，便聽見樓下傳來嘈雜的說話聲，對話裡談到已經找到小夜了。

我快奔到樓梯中間，偷聽母親與逸子伯母在門口的對話。她們談及找到小夜的過程，我聽得錯愕萬分，簡直不可置信。

她們說，找到小夜的是名潛水夫。當時小夜在某艘船的旁邊，被纜繩纏住，全身浸泡在水裡。

──多虧那條纜繩，她才能得救。要是沒有那纜繩……她現在已經……──

逸子伯母激動得全身顫抖，母親柔聲安撫她。我聽見逸子伯母的啜泣聲。那是我第一次看見成年女性哭泣。她一邊哽咽一邊斷斷續續地說。她說小夜被送到醫院去了，還說當時小夜跟我分開後，她突然想到船裡去玩，結果不慎失足墜入海中。

——請別責罵阿友……阿友他……——

我茫然站立在樓梯中間，感覺一股寒氣自腳下地板湧上來。沒想到小夜為了不讓我挨罵，竟然做了這種事。她大概是趁搜救隊沒看見時，偷偷跳進冰冷的海中，游到船的旁邊。

隔天，小夜自醫院返家了。我放學後，母親拿了一袋橘子給我，叫我去探望她。

小夜兩眼無神地躺在床上。我跪坐在她身旁，不知該說些什麼話。就在這時，我看見她的枕畔有個奇怪的東西。那是個玻璃球，跟乒乓球差不多大，底下有著茶褐色台座。

——這是去年聖誕節，媽媽買給我的。——

身穿睡衣的小夜伸手去拿球。

——奈緒跟我各有一個。媽媽怕我躺著無聊，特地放在枕頭旁邊。——

小夜告訴我這東西叫雪景球。在那玻璃球裡有個西洋風格的雪人，一對烏溜溜的眼睛彷彿正看著我。小夜將球拿起來甩了甩，球中揚起白色雪花，緩緩飄落在雪人的四周。

——這個雪人真可憐。——

小夜輕聲細語地說著與我完全不同的感想。

——它只能永遠待在玻璃裡。——

小夜看著雪景球的眼神是朦朧而黯淡的，彷彿是在眺望遙遠的景色。透明的玻璃球內，被小夜認為「真可憐」的雪人只是靜靜地微笑。

「……你醒著嗎？」

拉門外傳來的聲音將我拉回現實。

「醒著。」

我應了一聲，但乙太郎沒再開口說話。拉門的縫隙並無光線透入，看來乙太郎沒有打開走廊的燈。我不知道他找我有什麼事，於是鑽出被窩，爬向拉門處。

「你不用起來。」

乙太郎終於說話了。他的聲音模糊又低沉，宛如水面冒出氣泡的聲音。

「……哦。」

我轉身正要回被窩，乙太郎在背後說道：

「阿友，晚餐時你說的那件事，以後別再說了。」

我愣了一下，一時不明白乙太郎指的是哪件事。

「就是那個打工錢的事。」

「哦。」

「還有……」乙太郎頓了一下，說道：「奈緒以後就託你照顧了。」

我不禁轉頭看向拉門。

「我只有她而已了。我的老婆死了，小夜也死了，我的家人只剩下她了。」

「嗯。」

「我不想把她交給奇怪的傢伙。阿友，你跟我合得來，如果可以的話，你就跟她湊一對吧。——不過現在你們可不能亂來，這點你應該明白。」

乙太郎似乎醉了。後來他一個人又喝了不少吧。

「絕對不行，知道嗎？」

他的聲音變得異常嚴肅。

「我知道啦。我本來對她就沒邪念啦。」

沉默片刻後，沒多久乙太郎輕聲笑了。

「我一個人胡言亂語的，像我這種人可不會有女人喜歡。」

踉蹌的腳步聲逐漸在走廊上遠去。

小夜失蹤事件的隔年夏天，又發生一件小女孩在祭典上受重傷的事件。那女孩讀幼稚園小班，大家都叫她阿知。她有張紅潤臉蛋，是個可愛的女孩，我不知道她的本名是什麼。我、奈緒及小夜都叫她阿知，她也這麼稱呼自己。

我們第一次見到她，是在那可以俯瞰海灣的兒童公園裡。那天乙太郎給我們一些零用錢，我們買了冰棒，三人坐在鞦韆上吃。有個小女孩像小鳥一樣躲在樹後時隱時現，似乎刻意想引起我們的注意，那就是阿知。

小夜出聲叫她過來。平日小夜很少這麼高聲說話，我有些吃驚，奈緒也面露疑惑。

阿知扭扭捏捏地走過來，露出羞怯的笑容，仰頭等著小夜對她開口。

——要不要吃冰？——

小夜蹲下來遞出冰棒，阿知毫不猶豫地咬了一口，露出光滑的粉紅色牙齦及小巧可愛的牙齒，冰棒的一角消失了。

——全部給妳，要不要？——

阿知聽小夜這麼說，一瞬間張大眼睛，喘了口氣，點點頭。小夜抓起阿知的手，將冰棒交到她手上。小夜雖只比我大兩歲，此時看起來卻像個大人一樣。

從那天起，我們常常與阿知在公園玩。聽說阿知的媽媽在這年夏天生了個男孩，大概是忙著照顧嬰兒，較少陪阿知，阿知總說爸媽現在只喜歡弟弟，不要她了。我們一直告訴阿知沒那回事，但她還是常說媽媽討厭她了，所以我們到後來也懶得再勸，只是在公園裡陪她玩耍。

三人之中，最疼愛阿知的是小夜。她不再像平常那樣文靜，難得發出開朗的聲音，追著阿知跑跑跳跳。到了傍晚，小夜會牽著阿知的手，送她到家門口。阿知依依不捨地抬頭仰望小夜的那一瞬間，會露出一整天之中最可愛的表情。

——小夜好疼愛阿知。——

——是啊。——

走在傍晚的回家路上，我跟奈緒都感到不可思議。

提議邀阿知去夏日祭典的也是小夜。當時距離星期天的海邊祭典，只剩下一星期。以往每年我們三人總是帶著零用錢一同前往，今年多了阿知。我跟奈緒也沒反對，因為我們根本沒料到會出那樣的事情。

每年祭典會場上，總會有熱心農家在遠離攤販區的地方搭起帳篷，舉辦「水果大串送」活動，那是所有孩子每年相當期待的祭典。首先，在入口處需先付一百圓，你會拿到一根竹筷，進帳篷後，可看見桌上擺著許多保麗龍盒，裡頭放有冰塊及各種切塊水果，你能任意將水果串在竹筷上，但中途不能吃。一根竹筷能串多少水果，全憑自己的本事。

祭典當天，我們帶著阿知，一如往年把這區域當成了第一站。現場非常擁擠，孩子們吵吵鬧鬧地拿著手中的竹筷，圍繞在帳篷裡的桌子旁。人太多了，我們一直無法靠近桌邊。皮膚曬得黝黑的叔叔、阿姨們笑著斥罵不守規矩的孩子。

小夜、奈緒皆穿著逸子伯母買給她們的浴衣（註）。阿知身上的浴衣是紅色的，看起來像條金魚。她們三人的浴衣分別是綠、黃、紅三色，簡直像紅綠燈一樣。三人的背影逐漸朝桌邊靠近，我也跟在後頭慢慢前進。我感覺臉上燙得有如包了條熱毛巾。當時我身後還跟了好幾個孩子，周圍的空氣瀰漫著一種類似在室內曬衣服所產生的臭味。小夜的雪白頸子就在我的眼前，她比我略高一點，今天為了配合浴衣，她還將平常垂肩的頭髮高高盤在頭上。

盒裡的水果有鳳梨、哈密瓜、橘子、桃子及蘋果。比起想吃什麼水果，孩子們更在意的是能串多少。我們四人也不例外，總是挑盒裡較大的水果塊，盡量以竹筷穿過最薄的部位。

——出去才能吃！出去才能吃！——

身穿汗衫的老伯將雙手放在嘴邊，不斷喊著相同的話。我們串到竹筷再也串不下，朝著有「出口」標示的方向緩緩前進。地上偶有掉落的桃子或哈密瓜，穿著海灘鞋踩下去，感覺相當噁心。

一出帳篷，彷彿來到完全不同的世界。清新的夜晚空氣，讓呼吸變得順暢許多。

我們四人終於從人群中解放，每人手上的竹筷都完全被水果占據。

——我們到那邊去吃。——

小夜率先邁進，奈緒與阿知分別跟在她的左右。我則跟在這三個夜晚的紅綠燈後頭，專心舔著流到手上的水果汁液。小夜與奈緒小心翼翼地護著手上的竹筷，不讓水果掉下來，但一口都還沒吃。唯獨阿知已經像隻小動物一樣，一邊走一邊小口小口啃著竹筷前端的哈密瓜。雖說終於出了擁擠的帳篷，但畢竟還在祭典會場裡，周圍盡是人潮。若不加緊腳步，隨時可能會跟丟。

就在此時，小夜突然停下腳步，身體朝我這轉來。她的腰際撞到阿知的手。

我聽到有人喊了一聲「啊」，那或許是阿知發出的聲音，但因太過細微，我不敢肯定自己有沒有聽錯。眼前的三人都停住，在我追上她們的五秒鐘間，三人都一動也

註：「浴衣」是一種夏季穿的單薄和服。

不動。阿知將串著水果的竹筷湊在嘴邊停住，臉上表情有些古怪。

忽然間，阿知開始咳嗽。鮮紅的液體自她的唇邊流下。她拿開湊在嘴邊的竹筷，串在最上頭的哈密瓜竟然沾滿鮮血。

這突如其來的劇變讓我張口結舌，發不出半點聲音。小夜及奈緒也沒有說話。恐懼自雙腿竄升至胸腹，有如一股冰冷的泉水，直沖喉嚨。

忽然有個大人驚呼一聲。其他人也跟著呼喊，聲音愈來愈多。我感覺自己在轉眼間已被聲音淹埋。人群以我們四人為中心，全圍了過來。小夜迅速伸手取走阿知握著的竹筷。幾乎同一時間，一個男人搭著阿知的雙肩，翻轉她的身體。有人大喊「快叫救護車」。

我們默默目送著救護車離去。

不知道是誰聯絡了我們的父母，沒多久，母親、乙太郎伯父及逸子伯母都趕來了。三個大人聽小夜敘述意外發生的過程，彼此沒有交談，默默地走在夜晚的巷道上。夏日祭典的熱鬧氣氛、悶熱感、電燈泡的顏色、醬汁的香氣、有如夏夜美夢般朦朧的興奮情緒，全都迅速離我而去，強大的不安沉沉地壓在我胸口。

隔天，母親及乙太郎伯父帶著我們到阿知家拜訪。躺在床上的阿知當時睡著了，我們進入屋內，她的母親沒有將她喚醒。據說阿知的傷勢雖不輕，但還不到住院的程度。傷口已縫合，雖然進食暫時有些困難，但兩星期左右就能痊癒。我們各自說出早已想好的道歉詞句，阿知的母親聽了只是默默搖頭。這時我才發現，屋角有張嬰兒床，裡頭的嬰兒不停擺動著嬌小的手腳。

那天後，我們不曾再與阿知玩耍。小夜說她不想再見到阿知。因為這緣故，我們連公園也不去了。有一次，我偷偷走到公園外窺探，看見阿知孤伶伶地在挖沙子。阿知一看見我，臉上堆滿像粉紅色般的笑容，立刻跑到我身邊來，問我小夜去哪裡了。她說，好想再跟小夜一起玩耍。我不知如何回答，曖昧地搖頭，擠出彆扭的微笑，逃也似地離開公園。

數天後的某個星期天，我跟小夜一起走在路上，阿知剛好迎面走來。小夜一看見阿知，立刻轉開視線。當時她的眼神簡直像是看見玩膩的玩具。我不知如何是好，只好低著頭走路。當時我跟小夜並肩走著，兩人都沒說話。

然而我心裡一直有個疑問。

祭典那晚，阿知之所以受傷，真的是因為握著竹筷的手被小夜撞到的關係嗎？以當時的情況來看，衝擊力道並不強，實在沒理由受傷如此嚴重。

這個疑問，在數天後獲得解答。

——我發現了這個……——

奈緒來找我，攤開她嬌小的手掌給我看。

——這是什麼？——

奈緒手上有五片白色物體，形狀是扭曲的長條形，看起來像是把烏龍茶的茶葉染白了。

——我在姊姊的削鉛筆機裡發現的……——

抬頭看著我的奈緒，眼中充滿不安，與平日的她完全不同。

——削鉛筆機？——

——祭典的隔天我就發現了，只是一直沒說。——

過了好一會兒，我才醒悟，奈緒給我看的這些東西是削鉛筆機削出來的木屑。但顏色太白，看起來不像鉛筆的木屑。

——這難道是……——

我猶豫了一下，不曉得該不該說出口。

——竹筷？——

奈緒似乎快哭了。

——我猜，姊姊故意讓阿知握著尖銳的竹筷。——

——什麼？——

——可能是趁我們不注意時偷換的。——

奈緒彷彿下定決心，目不轉睛地抬頭看著我，說出她心中的想法。這番話雖然令人難以置信，但她的眼神異常堅定，不帶絲毫懷疑。

我試著回想祭典那天晚上的情況。「水果大串送」的帳篷裡擠滿了小孩。小夜一直跟在阿知的身旁，就在阿知咬著竹筷前端的哈密瓜時，小夜突然一個轉身，撞到阿知。大人們察覺阿知受傷，全圍了過來，小夜迅速取走阿知手中的竹筷。那竹筷後來去了哪裡？不知不覺竹筷已不在小夜手上，或許是被她丟了。

——但是，小夜為什麼要這麼做？——

——我不知道。——

奈緒哽咽地說。

我感覺心跳加速，胸腹之間有股涼意。

——我去問問小夜。——

奈緒聽我這麼說，用力搖頭，眼淚因此滑下臉頰。

——你一問，她就知道是我發現的。——

——我會說是我找到的。是收垃圾那天，我在垃圾袋裡發現的。——

那天傍晚，我到鄰家的二樓去找小夜。我問她，那根害阿知受傷的竹筷，是不是被她故意削尖了。

小夜若無其事地承認了。她說，阿知受傷後，她取走竹筷，偷偷丟棄在大人們的腳下。

——妳為什麼……要這麼做？——

她過了好一會兒才回答：

——我不知道。——

小夜像人偶一樣將脖子轉向一邊，聲音毫無抑揚頓挫。

——小夜，妳不是很疼阿知嗎？——

她的雙眼凝視著前方，動也不動。她望向屋角的一座黃色置物櫃，上頭放著我們一起撿的貝殼、一整杯的彈珠小物。放在最顯眼位置的，則是那顆雪景球，在那與現下季節不合的景色中，雪人依然維持著不帶感情的笑容。

——我突然覺得她很討厭，希望她消失在這世界上。——

小夜說完後沒再開口。不管我說什麼，她都彷彿沒聽見般，面無表情。

就在我強忍淚水走出房間的時候，背後傳來小夜的聲音：

——以後別再跟我提阿知的事。——

我對奈緒說謊了。我對她說，小夜聽了只是笑我太愛胡思亂想。我實在沒辦法告訴奈緒實情。

自隔年開始，我們再也沒去過夏日祭典。聽說「水果大串送」活動也被取消了。

（五）

大學入學考試的報名期限大多在十月底。我在最後一刻寄出了三份報名表，都是東京的大學。這是我從前就規畫好的事。我也電話通知父親，雖然我根本不想聽見他的聲音，但報考大學必須取得他同意。從前年的一月起，東京的電話號碼從九碼增加為十碼，03的後頭多加了一個3。是直到這次聯絡父親，我才第一次按下十碼的電話號碼，可見我已多久沒跟他通話了。

我從以前就知道父親在東京跟女人同居，一點也不想跟他在東京一起生活，只拜託父親幫我出學費，我打算在學校附近租個房間，一邊打工一邊念書。

高中畢業後，我就要搬出乙太郎的家。我對乙太郎老實說出這個想法，他只是點點頭，應了一聲「好吧」。我本來擔心他又要提奈緒的事，但他什麼也沒多說。

「阿友，你爸爸應該鬆了口氣吧？」

那天傍晚，我在客廳翻閱大學介紹手冊，奈緒突然這麼對我說。

「我爸爸？怎麼說？」

「兒子終於要離開這個專做古怪生意的家庭了。」

奈緒在桌上放了個盤子，專心剝著銀杏的殼，沒看著我。

「我爸爸沒那麼想啦。」

「不，那個人從前就這麼想了。」

奈緒停下手邊的動作，看了我數秒後，又將視線移回銀杏上。

我沒有繼續否認，因為她說的確實是事實。我父親住在這村子裡時，的確有些瞧不起乙太郎這個鄰居。我跟父親很少說話，當然也沒親耳聽他這麼說，但父親對乙太郎的鄙視，從他跟乙太郎打招呼時的簡短和冷漠，以及看見乙太郎家門口那塊鐵製招牌和破爛的公務車時的眼神，就能感受到。

奈緒俐落地以尖嘴鉗剝開銀杏殼，發出啪啪聲響。

「我才不管他怎麼想。他從來不曾把我放心上。不管我住在哪裡、跟誰一起住，他都不會在乎的。」我說。

奈緒沒有說話，只是維持著固定的速度操作著手中的尖嘴鉗。夕陽光芒透過泛黃的蕾絲窗簾，照在榻榻米上，形成有如漣漪般的圖形。我闔上大學介紹手冊，默默看著榻榻米上的陽光。

數天後，某個星期六早晨，我一如往常地穿著連身工作服坐上公務車。乙太郎往海邊的方向開了一陣，突然調轉方向盤，朝K町的方向前進。我坐在副駕駛座上喝著罐裝咖啡，想起了那個人。

那個與小夜有點相似的，總是騎著白色腳踏車出現在濱海道路上，由左至右前進的人。

我突然有種預感，搞不好今天會與她不期而遇。然而這個預感一直沒實現。上午只檢查了兩戶人家，什麼事也沒發生。

其中一戶人家，住的是一對老夫婦。那房子的地板下有白蟻，但那對老夫婦不肯付錢驅蟻，理由是「我們大概會比房子先垮」。另一家，我們登門拜訪時，家中只有個肥胖、開朗的女人。那一家沒有白蟻，但地板下有竈馬（註）、蜈蚣等害蟲。乙太

註：竈馬是日本常見昆蟲，屬於直翅目竈馬科，外型似蟋蟀而無翅，俗稱「廁所蟋蟀」。

郎建議實施預防消毒，但那女人說她丈夫才剛出差去了，下星期才會回家，是否委託消毒，得跟丈夫商量後才能決定。

「什麼老公出差，根本是騙人的。」

中午過後，我們一如往常坐在漁港邊，吃完奈緒做的飯糰，乙太郎點了根Hi-Lite牌香菸，將一股濃煙從鼻孔吐出。

「那家的停車格裡沒車子，老公一定是開車出去打小鋼珠什麼的了。你想想，如果家裡只有一輛車，老公會開車去出差嗎？」

「啊……確實沒錯。」

這兩個多月來，我隨著乙太郎四處拜訪，逐漸也學會一些解讀客戶心理的技巧。不，說「解讀」或許誇張了點，但從客戶的臉色及態度，多少已能判斷對方有無簽約的意思。剛剛乙太郎以略帶誇張的口氣說明白蟻的可怕時，那女人雖然臉色和善，但顯然並不當一回事。

「老公出差，只是推託的藉口而已？」

「沒錯，我們下星期再去拜訪時，她一定會說『我丈夫說不用』。」

乙太郎笑著模仿女人搔首弄姿的模樣，但他的眼神卻毫無笑意。我想起數天前，我把大學介紹手冊忘在客廳裡，當時乙太郎一邊喝著啤酒，一邊拿起來翻看，然而我一走進客廳，他就擺出若無其事的表情闔上手冊，把手冊當成扇子搧風。

我跟乙太郎的身旁有一對夫妻帶著小孩在釣魚。那小女孩似乎因為釣不到魚而有些不耐煩，開始以兒童用釣竿拍打海面。父親低聲斥罵她。乙太郎愣愣地看著這一幕，數秒後，又將視線移回海上，繼續抽菸。午後的陽光在海面上形成一道道明亮的條紋。

「阿友，書念得怎麼樣了？」

「什麼書？」

「你不是要考大學？還有時間幫我做事嗎？」

「無所謂，我不打算考什麼名校。」

我的成績並不算差，但我對競爭激烈的大學沒興趣，報考的都是些不需花太多時間準備也能考上的大學。

「我去買罐咖啡。伯父，你要不要？」

「幫我也買一罐。一百……一十圓……拿去。」

乙太郎數了零錢遞給我。就在我經過那一家釣客身旁時，不知是工作服太稀奇還是怎樣，那小女孩直盯著我看。我對她笑了笑，她卻不高興地將頭轉向一旁。

我登上水泥階梯，沿著漁港旁的道路朝右手邊的自動販賣機走去。一路上，我回頭看了數次。我期待著那個人的出現。她或許會騎著白色腳踏車，經過我的身旁。或許我有機會看到她的側臉，以及隨風飄逸的裙襬。——不過她依然沒出現。

乙太郎坐在堤防前端，將手撐在屁股後頭的地面上，朝我的方向望來。我朝他回望，他以極緩慢的動作將臉轉回正前方。

「你要冰的吧？」

我遞出咖啡，乙太郎豎掌致謝。就在這一瞬間，我察覺他的視線越過我的肩膀，不知看到了什麼。我一邊拉開拉環，一邊轉頭。白色腳踏車由左至右通過我剛剛才走過的道路。

乙太郎比我更早看見那個人，不知為何這讓我覺得有些不愉快。

（六）

中午過後，乙太郎又接到了個檢查白蟻的案子。

我坐在副駕駛座上，看著乙太郎開車的側臉，他顯得異常興奮。一抵達目的地，我立刻便明白他興奮的理由。

「阿友，全看這一家了。」

在這附近一帶很少有這麼氣派的房子，屋齡約二十年，木製門柱看起來又粗又重。只有一層樓，白色牆壁上有著四方形的斜角屋頂。庭院裡的樹木剪得整整齊齊，想必是請園匠來修剪的。——簡單來說，這樣的房子對白蟻驅除業者而言是最佳的目標。房子愈大，驅蟻的價碼也愈高，而這棟房子幾乎是鄰近其他房子的兩倍大。不但如此，屋齡也恰到好處，興建時的除蟲效果現在大概失效了，但還不至於老舊到寧願放任白蟻啃食的程度。

門柱上掛著一塊直式門牌，上頭刻著毛筆字的浮雕，寫著「綿貫誠一」。

「這客戶一個人住？」

「不知道。剛剛接案子時，沒問這麼多。媽的，我好興奮，兩隻腳都開始發癢了。你可別誤會，不是香港腳發作。」

乙太郎率先走進庭院，一路踩著地上的圓形石板到門口，回頭朝我一笑，按下門鈴。

「午安……我們來檢查了……」

乙太郎故意說得有氣無力，表現得意興闌珊，裝出一副單純只是來免費檢查的態度，以免在簽約時機尚未成熟之際，就引發對方的戒心。

屋內傳來男人的聲音，那聲音低沉而簡短，聽不清楚到底在說什麼。乙太郎毫不猶豫地拉開門，脫下防滑鞋走進去。門前灰泥地上只有一雙舊式風格的皮鞋，沒有其他鞋子，看來這客戶真的是一個人住。

「打擾了……」

乙太郎一邊左顧右盼一邊前進。男人的聲音是從最後方的房間傳來，我們一走近，便聞到一股菸味。那是一間寬敞的和室，約有十幾張榻榻米大，一個中年男人背對著壁龕，坐在一張大矮桌前看報紙。桌上放著一個看起來相當高級的陶瓷菸灰缸，上頭擺了根菸，一縷輕煙自菸頭冒出，筆直向天花板延伸。我們一邊鞠躬哈腰，一邊走進房內。戴著銀框眼鏡的中年男人直盯著我們看。

我突然有種不舒服的感覺，彷彿下腹部壓了塊重物。

這位中年人跟我父親實在很像。

不，其實他們長得一點也不像。這個人比我父親老得多，頭髮已半白。雖然他坐在榻榻米上，看不出到底多高，但體格顯然比我父親高大得多。他們唯一的相似處只有眼睛，不，應該說是眼神。那是一種毫無理由地看不起對手的眼神，更是一種腦子裡永遠不知在盤算些什麼的眼神。

「您府上真是氣派呢。」

乙太郎跪坐在房間入口處，先說了句半吹捧半真心的感想。男人沒有回答，甚至連頭也沒點一下。乙太郎有些尷尬，只好乾笑兩聲。

「請讓我們檢查府上的地基狀況。他會從廚房儲物格鑽到地板下檢查，我則會在這裡負責向您說明。」

「沒有儲物格。」

男人說話時，只微微移動嘴唇。

「啊，沒有儲物格嗎？那請讓我們翻開一張榻榻米，從那裡下去。」

「你們可以從外面進去。」

「啊，外面有檢查口嗎？這可輕鬆多了。」

一般民宅要鑽進地板底下，有三種方式。最常使用的方式，是拆開廚房的地板儲物格。其次，是翻開和室房間裡的一張榻榻米，再拆開底下的隔板。第三種方式很少見，那就是從屋外檢查口進入地板底下。一般水泥地基一定設有通氣孔，有極少數房屋會將其中一個通氣孔做得特別大，讓人可通行。這通氣孔就是所謂的檢查口，只要拆開欄杆，即可輕易進入地板底下檢查。

「好，那我們就從外頭的檢查口進入。阿友，拜託你了。」

乙太郎轉頭看著我時，臉上難掩失望。我相當清楚他為何會露出失望的表情。理由很簡單，因為對這戶人家沒辦法「誇大其辭」或「危言聳聽」。既然有檢查口，屋主自己也能隨時進入地板下檢查，所以我們沒辦法對底下的蟲害狀況加油添醋，只能將實際狀況老老實實轉達，如此一來，說服客戶簽約的可能性便大幅降低。所以說，有屋外檢查口的房子對白蟻業者來說雖然方便，卻不是件好事。

「我去檢查了。」

我帶著手電筒走到屋外，穿過剪得圓滾滾的羅漢松來到屋後，立刻看到檢查口。掛滿蜘蛛絲的地基上有個邊長約五十公分的方形孔，蓋著鐵欄杆，裡頭昏昏暗暗。我拆開那生鏽的鐵欄杆，爬進孔內。

一鑽進去，我嚇了一跳。

眼前有無數隻竈馬，圍繞著數根矮柱鑽動。我拿起手電筒一照，那些竈馬全搖著長長的觸鬚，以玻璃珠般的黑色眼睛望向我。我感到心臟鼓動加速。竈馬大量繁殖是「地板下濕氣重」及「防蟲效果已經消失」的最重要指標。這段時間以來，我從未見過任何一棟房子底下有這麼多竈馬，這大大提升了我的期待。

果然不出所料。

這棟房子有白蟻，而且情況相當嚴重。

白蟻是一種極怕乾燥的昆蟲，如果爬在一般的地面上，不出一小時便會死亡。所以白蟻會建立起一條連接地面與木材的中空通道，當作往來巢穴與木材之間的道路，稱為「蟻道」。這東西細細長長，呈現茶褐色，看起來像根刺在地上的樹枝。然而蟻道相當脆弱，只要輕觸就會碎裂。此時我眼前到處是蟻道，這些蟻道自矮柱延伸至橫木，有的甚至連到了支撐房屋重量的基梁上。我從口袋中掏出螺絲起子，往身邊的矮柱戳去。毫不費力便插進矮柱表面，螺絲起子的前端陷入幾乎有兩公分深。接著我輕輕打橫一剝，啪的一聲輕響，矮柱表層掉了一大片，在手電筒的照耀下，可看見裡頭無數白蟻慌張地左右鑽動。

「有白蟻！」

我一喊，立刻聽到地板上方逐漸逼近的腳步聲。

「有白蟻？」

「有！」

「很多嗎？」

來自地板上方的聲音相當模糊，有點像是把嘴埋在枕頭裡說話的聲音。我簡單描述眼前的狀況後，乙太郎的腳步逐漸走遠，大概是去向屋主報告吧。三十秒後，他又走了回來。

「麻煩你把整個地板下都檢查一遍。」

「好。」

這屋子占地廣大，加上蟻害情況嚴重，檢查起來頗費工夫。我一邊撥開成群的竈馬一邊前進，逐一將狀況向地板上的乙太郎報告，乙太郎聽完再立刻轉達屋主。最後我來到了狀況最嚴重的浴室下方，光這裡就花了超過二十分鐘。全部檢查完後，我爬回檢查口，身上盡是汗水、塵土及霉灰。就在這時，我聽見門鈴的聲音，不禁咂了個嘴。根據以往經驗，檢查過程中若是來了訪客，往往沒好事。一來屋主會分心，二來訪客常會說出「我認識更便宜的業者」這種雞婆的話，阻撓屋主簽約。

我爬出檢查口，拖著疲累的身軀，穿過羅漢松旁，朝大門走去。身邊傳來踩踏石礫的聲音，我一抬頭，竟看見一個身穿白色連身裙的女性站在眼前，直盯著我瞧。

我這骯髒的模樣，彷彿要被吸入那黑色的瞳孔中。她微微將頭偏向一邊，原本掛在耳後的髮絲垂到肩膀上。

她就是那個人。

「我、我來檢查白蟻……」

我吞吞吐吐地說。

她繼續看著我好一會兒，臉上漾起淡淡的笑容，以略微低沉的脫俗嗓音說：

「辛苦了。」

她說完後便通過我的身旁，朝門口走去。身穿雪白連身裙、有著白皙肌膚的她，與一身又黑又髒的我擦肩而過，我們的肩膀幾乎快碰在一起。她沒有刻意與我保持距離，讓我有點吃驚。我忍不住轉頭望去，就在這一瞬間，我聞到她身上的香氣。那是一種淡雅而完美的柑橘類香氣。她的側臉讓人聯想到外國硬幣上的頭像，那香氣非常適合她。

果然我又想起小夜。她們其實長得並不像，身高也不同，硬要說的話，大概只有髮型類似。只不過這種披肩的黑直髮，一點也不稀奇，為何她們會散發出如此相似的氣質？——那時我還不明白她們之間的共通之處。

那對彷彿隨時會融化在午後陽光下的修長雙腿，就這麼消失在門內。

她的白色腳踏車就停在庭院入口內側。

(七)

那一晚，我躺在被窩裡，滿腦子盡是她的香氣。

她叫什麼名字？多大年紀？跟屋主是什麼關係？我一邊感受自己的心跳，一邊天馬行空地想著。白天時，乙太郎與屋主談著簽約事宜，她一直待在廚房裡。她從冰箱裡不知拿出什麼東西，走向流理台邊。接著我聽見清脆悅耳的菜刀聲。不久後，她又伸手到櫥櫃裡拿東西。什麼東西放在哪裡，她似乎非常清楚。但她應該不是屋主的妻子，畢竟年紀相差太大。

——那位是令嬡嗎？——

乙太郎笑著問屋主，沒想到那屋主竟皺起花白的眉毛，像是聽見一個失禮的問題，一句話也沒回答。

乙太郎說明完契約內容，屋主二話不說便蓋了章。契約書上的金額幾乎可以買一輛全新的輕型汽車，但那屋主卻面不改色，看來他大概很有錢吧。驅蟲消毒作業將在星期一進行，那時我應該還在學校上課。一想到再也沒機會跟她如此接近，我便感到萬分遺憾。

隔天是星期日，乙太郎看起來很懶散。

「我這人就是這樣，一接到大案子，就開始想偷懶了。」

乙太郎坐在堤防邊的老地方，慵懶地抽著Hi-Lite牌香菸。午餐時間已過，奈緒做的飯糰也早吃完了，卻連一戶人家都還沒檢查。這一天，乙太郎根本沒有拜訪任何一戶人家。

「這種傢伙肯定沒女人要。」乙太郎說。

「伯父，你真是什麼事都可以扯到女人。」

「阿友，女人就是人生的一切呀。」

乙太郎張大嘴吐出煙霧。

「但你現在沒跟任何女人交往，不是嗎？」

「我已經從女人身上畢業了，才能過這種悠哉日子。就算沒有女人要，我也不在乎。」

我遲疑了好一會兒，鼓起勇氣說：

「我想去拜訪一些人家，試著開發客戶。」

我擔心乙太郎會反對，一邊說一邊已擺出準備起身的動作。

「什麼？你要去開發客戶？」

「是啊，我想試試看。搞不好能接到一些檢查的案子……你看如何？」

乙太郎將上半身往後仰，上下打量我。

「也不是……不可能，嗯……搞不好有希望。」

乙太郎興奮地不停聳動肩膀，像個發現新玩具的小孩。

「如果你不嫌累，我也贊成你去試試看。你看起來挺老實的，比較不會引起客戶的戒心，搞不好能接到一堆免費檢查的案子。」

「是嗎？」

我沒想到乙太郎會答應得這麼乾脆，除了興奮，還帶有一絲罪惡感。

「那我就去試試吧。」

其實開發客戶只是個藉口而已。

「好啊。去吧，就麻煩你了。」

其實我只是想到那個姓綿貫的人家附近看看，期盼與那個人再見上一面。

「伯父，你在這裡休息，我如果接到檢查的案子，馬上回來告訴你。」

「我可以繼續休息？這種苦盡甘來的感覺真不錯。」

「說得好像你打拚了很久似的。」

我故意開起玩笑，試圖掩飾心中的罪惡感。

「我走了。」

說完這句話，我離開漁港。

來到濱海道路上，我往右手邊前進。我知道乙太郎此時一定正在看著我，所以我故意走得很慢，裝出正在物色合適人家的模樣。走到第一個T字路口，我假裝猶豫了一下，彎進巷子內。一到乙太郎看不見的地方，我立刻加快腳步，朝目的地前去。

昨天，她差不多就是在這個時間抵達綿貫家。不只昨天，我每次看見她騎腳踏車通過濱海道路，都是在下午的這個時間。當然我無法肯定她每次的目的地都是綿貫家，或許她只有昨天才去。但不知為何，我有種莫名的自信。

來到那屋子外，我朝庭院望去，沒看到她的白色腳踏車。我有些失望，卻也有些興奮。她不在這，或許意味著等一下會出現。我決定躲在某個角落等等看。畢竟不能一直站在門口，我得找個合適的躲藏地點。我往左右瞥了兩眼，轉頭朝身後的道路看去。就在這時，我聽見了「唰」的一聲輕響。

腳踏車的前輪，出現在距離我不到十公尺的位置。那個聲音是腳踏車的煞車聲。

她身穿淡藍色長袖罩衫，跨坐在腳踏車上看著我。她穿著涼鞋，左腳踩在地上，右腳抵在踏板上，乳白色裙襬下方露出一雙圓潤的膝蓋。我們四目相接後，她跟昨天一樣側著頭，微微瞇起雙眼。

我保持只有轉頭回望的姿勢，喉嚨彷彿鯁住似的，幾乎快要窒息。

她緩緩移動右腳，下了腳踏車，裙襬隨後輕輕揚起。

「是為了昨天的事？」

她問道。我的腦袋亂成一團，肺部彷彿被一股力量往上推擠，感覺呼吸困難。此時的我根本無法思考任何事情。

「……是為了昨天的事？」

我像個白癡一樣重複她的話。她露出些許困惑的表情，接著微微張唇一笑。

「昨天你們不是來檢查白蟻？跟那件事有關？」

「啊，沒有。」

我反射性地搖頭否認，但立刻便後悔了。我現在必須說明出現在這裡的理由，根本不該說跟昨天的事無關。我暗罵自己簡直是蠢到極點。

「我到附近……」

我豁出去，不管三七二十一地胡謅。

「我剛剛到附近檢查完，正要回車上，想到這裡昨天有白蟻……有些擔心，就看了兩眼……」

我故意把話說得籠統曖昧。

「你年紀輕輕，工作真是勤奮。」

我的解釋奏效，她沒起疑心，抬頭望向我身後的屋頂。

「這屋子有很多白蟻？我以前都沒發現呢。」

少女使用了「這屋子」這種稱呼，語氣中帶有疏離感。

「明天來驅蟻？」

「嗯，早上十點。」

「你也會來？」

「不，我得上課。」

「那是昨天那位……」

「只有乙太郎……橋塚先生會來。」

「哦……」她瞇著眼睛微微頷首，忽又抬頭看著我。「……你還在念書？」

「嗯，高中。」

「我還以為你是社會人士呢。」

「只是週末打工而已。」

一陣徐風吹來，她以指尖按住頭髮。那動作有點像豎耳聆聽，滑嫩白皙的耳垂被包覆在右手之中。

「明天十點，綿貫先生要外出工作，但我還在家。那位來驅蟻的先生，大概是由我招呼吧。」

「原來如此。」

「請幫我向他問聲好。」

觀察她的表情，我已明白最後這句客套話代表對話結束。我品味著心中殘留的甜香餘韻，向她低頭鞠個躬。就在這時，我才發現自己擋住她的去路。

「對不起。」

我再次低頭，趕忙讓開。她推著腳踏車通過我眼前，並沒有按對講機，以熟稔的動作打開庭院門，將腳踏車推進去。

接著她按下大門門鈴，簡短說了一句話，應該是報上名字吧，但她似乎故意說得很小聲，讓我聽不清楚。我自門柱後悄悄探頭往內望，只見屋子大門開了，那貌似父親的男人出現在門口。少女一走進去，男人很自然地將右手搭在她的肩膀上。我雖然只有十七歲，卻看得出來那並非只是單純地表達疼愛。那搭在肩上的手指向內彎曲，彷彿在抓著屬於他的私人物品。
一陣沉重聲響後，大門闔上了，兩人消失在門後。
我回到港邊，跟乙太郎說「開拓客源果然沒那麼簡單」，他露出牙齒哈哈大笑。

（八）

那一晚，我輾轉難眠。我不斷嘗試將枕頭翻面，但每當後頸接觸到冰涼的枕頭，我的神智便愈加清晰。
——但我還在家。——
這句話裡的「還」這個字，像根小魚刺般鯁在我的喉嚨。早上十點「還」在家，這句話只能有一種解釋，那就是她今晚會住在那個屋子裡。她現在正與那獨居男人同處一室。我想起那昏暗的門口，男人搭在她肩上的手掌。那彎曲手指之下的肩膀，看起來是如此纖細。
我站起身，走出房間。

全身熱得發燙。我拿出冰箱裡的麥茶，喝了半杯，腦中浮現冰涼的液體流過喉嚨的景象。我打開冷凍櫃，拿了一顆冰塊放進嘴裡，舌頭凍得有些發疼，融化的水像藥水般滲透在齒縫間。我心想，她現在正在做什麼？以怎樣的姿勢睡著？不，她此時多半還沒入睡。

我走出廚房，但沒有回房間，而是朝反方向前進。

我穿上拖鞋，踏進庫房的水泥地板。黑暗的牆邊，有著數排生鏽的鐵架。我聞到白蟻驅除劑的刺鼻臭味，曬衣架上吊著數件洗好的工作服。這裡是乙太郎放置工作用具的倉庫，垂吊而下的工作服旁邊，有台老舊的洗衣機。奈緒都是用這台洗衣機洗工作服。我們每天穿著工作服鑽進地板下檢查或消毒，總不能跟家裡的衣物一起洗。洗衣機的蓋子並未蓋上，我往內一瞧，裡頭有兩件骯髒的工作服，散發著泥土味及霉味。我抬起頭，取下一件吊在半空中的乾淨工作服，套在睡衣外頭。我的身體彷彿不再受我的指揮，連自己要做什麼都搞不清楚。我穿好乾淨的工作服，又從洗衣機中拿出一件沾滿泥土的骯髒工作服，套在乾淨的工作服外。接著我戴上工作用手套，穿上放置在一旁的防滑鞋。

庫房有道鐵捲門，可以直通屋外。我從內側打開門鎖，輕輕拉起鐵捲門。夜晚的濕氣湧進屋內，原本細微難辨的蟲鳴聲突然提高音量。

我幾乎不敢相信，自己會有如此輕率、魯莽的舉動。奔走在名為黑夜的巨大陰影之中，讓我異常興奮。伴隨遠方的海浪聲及狗吠聲，我一路快跑，路過以往總是搭車經過的路線。街燈一個接著一個自左右兩側流向後方，黑暗的街景在我的眼前上下震盪。

最後，我終於抵達目的地。

亮著燈光的窗戶只有一扇，看起來就像是黑影被挖去了四方形一角。我躲在門柱後，一邊喘氣一邊朝那扇窗戶窺探。那是最左邊的房間，就在昨天男人所在的房間後頭。

我聽見自己非常大聲的呼吸聲。

一片漆黑中，我望向庭院大門。那門並未上鎖，我將手穿過柵欄，碰觸到內側的門閂。現在雖是秋夜，那閂子卻像冰一樣冷。我的指尖微微用力，先將那閂子旋轉半圈，然後運用兩手，將閂子平推。那扇門無聲無息地開了。我輕輕拉開門，金屬承軸發出尖銳聲響，聽起來像是有人在遠方痛苦呻吟。接著我迅速將上半身探入門縫中。——那輛白色腳踏車依然停在門邊，白色的骨架在黑暗中泛出微微光芒。

我小心翼翼地跨步，感覺心臟在肋骨後方劇烈彈跳。進了庭院後，我一步一步地踏在碎石地上，不發出一點聲響，通過大門，繼續往前進。一棵棵黑黝黝的羅漢松在黑暗中隱隱浮現，有如一群身穿喪服的人垂頭喪氣地站在那裡。

我來到屋後，看見那最大的四方形通氣口。彎下腰，抓住生鏽的欄杆。輕輕一用力，那欄杆就跟昨天一樣被我輕而易舉地拿起來。孔內暗得伸手不見五指，看上去像被灌滿了油。

鑽進檢查口後，我像動物般在地上匍匐前進，一直想著這個疑問。——我到底在做什麼？

打開手電筒，更加感受到自己身處黑暗之中。

而她就在這黑暗的另一頭，在那個點著燈的房間裡。

我無法一路直通那房間的正下方，因為中途有個區域，地基之間的縫隙太窄。勉強硬鑽，或許擠得過去，但工作服有可能會被勾破。於是我繞了遠路。啪的一聲輕響，似乎有個東西撞到我的右側太陽穴。仔細一看，原來是隻竈馬。不只這一隻，我的身旁到處都是，前面、左邊、右邊、頭頂上。手電筒燈光照耀下，牠們扭動著光滑的身軀，搖晃著長長的觸鬚，以強而有力的兩條後腿緊緊攀住了柱子。有的驚惶地不斷後退，觀察著眼前這愚蠢的侵入者。我繼續往前進。只要再穿過一個區域，就抵達那房間的正下方了。那唯一亮著燈的房間。

我聽見了細微的說話聲。

那聲音像是將臉埋在枕頭裡發出來的，又像是在耳中塞了棉花後所聽見的。聲音愈來愈響，清晰地傳入我耳中。沒錯，那是她的聲音。我不再前進，仔細聆聽著那聲音。我一邊聽，一邊想起剛剛開門時金屬承軸發出的尖銳聲響。這兩種聲音非常像。那是痛苦呻吟的聲音，亦是哽咽啜泣的聲音。那聲音斷斷續續地響著，就好像生鏽的門扉不斷被人開開關關，金屬承軸一次又一次發出痛苦的呻吟。

我知道，是那個男人在不停地拉動門扉。雖然我沒有經驗，但我很清楚。我想起了白天搭在少女肩上的那雙手，那向內彎曲的噁心手指。正是那雙手，此時正在粗魯地拉動門扉。

不知不覺，我再次開始前進。我幾乎感覺不到身體重量，宛如在海底游泳。接著，我聽見了床鋪發出的吱嘎聲，時強時弱，維持著一定的規律，與金屬承軸的聲音彷彿互相呼應。

此時那兩人就在我的正上方。

「…………」

男人說了句話，但毫無抑揚頓挫，我聽不太清楚，只知道是問了個問題。

「…………」

過了一會兒，那少女給了回答。聲調中同時混雜著肯定與否定的語氣。我彷彿看見一個遭受欺負的孩子，被強迫握手，並說出類似「我原諒你」之類的回答。

男人輕聲笑了，床鋪的吱嘎聲變得更加激烈。金屬承軸的聲音聽起來像隨時會崩壞。

我感到一股熱氣自領口竄升，彷彿有把火在燃燒。除了不甘心與莫名的怒氣，更強烈的是一股亢奮的性慾。畢竟我是個十多歲的男人。我將身體翻向側面，取下右手的手套。

「老師……」

她的聲音之中，我只聽清楚了這一句。

（九）

隔天，星期一的傍晚。

乙太郎悠哉地吃著奈緒煮的毛豆，喝著日本酒。

「真的好像……」

乙太郎微微張著嘴，凝視天花板上的圓形日光燈，他沾滿口水的嘴唇看起來濕濕亮亮。我看著電視新聞，假裝沒聽見。奈緒出門去買味噌，今天晚上要煮味噌湯。

「不是臉長得像，也不是體形……畢竟她走的時候還是國中生……」

我知道乙太郎說的是她。

昨天深夜我偷偷外出，乙太郎跟奈緒似乎都沒發現。今天一整天，不管是吃早餐時、坐在教室聽課時、走在回家路上時，我都在想著昨晚的事。當我在地板底下宣洩慾望後，唯一感受到的只有難以言喻的空虛。我像一頭醜陋的動物爬出檢查口，回到家中，將骯髒的工作服放回洗衣機裡。

「阿友，你能接受女人抽菸嗎？」

「抽菸？」

乙太郎露出似笑非笑的表情，輕啜一口杯裡的酒。

「今天我在地板底下鑽進鑽出，那女人一直坐在廚房抽菸。虧她是個好女人，真是糟蹋了。我啊……」乙太郎以小指摳了摳齒縫間的菜渣，接著說：「不太喜歡抽菸的女人。」

「她看起來不像會抽菸的樣子。」

「人啊，真的就像毛豆。」

我突然好想看看她抽菸的模樣，想看她慵懶地垂著頭，露出粉頸，從那又細又薄的嘴唇吐出一縷輕煙。

乙太郎以腳趾按下電視轉台鈕，開始抱怨起千代富士退休後相撲變得多無聊，不再提那女人的事。

「阿友，你的信。」

奈緒提著超市的塑膠袋走進來，遞給我一枚信封，便匆匆走進廚房。

「靖江太太寄來的？」

「嗯。」

「上頭寫些什麼？」

「我還沒看呢。」

我打開信封，倒出內容物。只有一張信紙，摺成三折。乙太郎湊過來，朝信中張望。

「大概沒什麼值得偷看的內容。」

「還是老樣子？」

「或許吧。」

這封母親寄來的信，果然沒寫什麼特別的內容。只是客套地寒暄並說明近況，平淡得幾乎不像寫給兒子的信。所謂的近況，也只是公寓附近正在蓋大樓、前陣子將電風扇收起來、最近都沒下雨之類的瑣事。母親的筆跡相當柔弱。信的末尾難得問起我高中畢業後有何打算，但那並非真的期待得到具體的回答，只是想強調她對我的關心。

「何必寫信，打電話來不就好了？」

「怕沒話聊吧。」

「媽媽跟兒子，沒話聊也不是什麼大不了的事。」

乙太郎搔了搔下巴，誇張地皺起眉頭。

母親離家出走至今已過了四年。

忽視家人的丈夫、明顯的外遇跡象、毫無對話的晚餐時間……那時我的家庭，就如同一杯即將滿溢的冷水。——那天母親洗完晚餐的碗盤，突然一時興起，打開門走出去，卻再也沒有回來。數天後，母親寄了一封很長的信，給當時就讀國二的我。在母親的信裡，「忍耐」這個詞總共出現七次。不久後，母親又寄來第二封信，上頭寫著她已經與父親離婚，要我跟父親一起生活，我想她這麼決定是為了我的將來打算，於是我照母親的話做了。

後來，我跟母親見過五次面。每次不是在咖啡廳，就是在家庭餐廳。多數時間母親都沒說話，只是默默低著頭，明顯消瘦的她臨走前一定會哭著跟我道歉。只有在她道歉的時候，我沒有做出任何回應，我並不怨恨母親，反而很佩服她忍耐了這麼多年。雖然母親棄我而去，但我依然以她為榮。正因如此，我一點也不想看見母親低頭道歉的模樣。我希望她抬頭挺胸地告訴我，希望我像她一樣勇敢追求自己的人生。我不想看見母親難過的模樣。——母親每道歉一次，我心中的負面情緒便又增加，我愈是哀憐、同情母親，便愈是憎恨父親。父親是一切不幸的源頭，我當然有理由恨他。但我恨他的真正原因，只是需要一個發洩情緒的目標。我必須找一個人來恨，必須把所有過錯推到一個人頭上。我恨他讓母親必須對我低頭道歉，也恨他害我無法鼓舞母親，只能對著她露出像看見瘦弱野狗般的哀憐表情。

母親現在住在鄰縣，那是她出生、長大的故鄉。她的雙親，也就是我的外祖父母早已過世，她沒有其他可以投靠的親人，只能租間小公寓獨居，母親從不曾邀我去她住的公寓玩。聽說她現在在超市當收銀員，並兼差在製紙工廠做些整理發票的工作。她沒有汽車駕照，為了找到能搭公車通勤的工作，聽說費了不少心思。

每到秋天，我總會想起一段過往的回憶。

那是我國小一年級時的某個星期天，母親難得出門參加同學會，她下午出門時，說天黑前會回來。我本來想在客廳看電視，但我發現父親正在閱讀報紙上的電視節目表，於是我去了乙太郎家，在小夜與奈緒的房裡打發時間。接近傍晚時，我準備要回家，卻發現母親還沒回來。我離開小夜與奈緒的房間後沒有回家，而是朝車站走去。我想去迎接母親。我站在車站剪票口前等她，但等了好久，遲遲不見人影。公車站圓環上方的天空愈來愈暗。我開始擔心，母親說她天黑前會回家那句話，會不會是我聽錯了。我突然害怕起來。夜晚的街道太可怕，我不敢一個人走，於是趕在天色完全變暗前，匆忙離開車站，快步朝家的方向走去。夕陽逐漸西落。就在我從車站返家的途中，黑夜正式報到。我停下腳步，不敢再繼續走，但站在原地的感覺更加可怕。通過我身旁的大人臉上彷彿都戴著精巧的面具，那一張張面具底下的嘴彷彿都在對我發出竊笑。到底該回家還是走回車站？回家，可以看到父親；走回車站，或許能看到母親從剪票口出來，我拿不定主意。只是不知不覺中，我的腳已朝車站的方向前進。我害怕得想要縱聲大哭，但我不能哭，因為母親隨時有可能從對面走來。風愈來愈大，我開始感到冷，愈走愈冷。終於我看見車站的燈光，母親抓著脖子上的絲巾，走在那燈光的前方。她一看見我，驚訝得停下腳步。我快步朝她走去，但還沒走到她的身邊，眼中的淚水已奪眶。母親沒問我為何會到車站來，只是用她冰冷的手掌撫摸著我的頭，我聽到母親的啜泣聲。母親的香氣飄散在夜晚的空氣中，我終於忍不住嚎啕大哭。

母親大約每兩個月會寄一封信給我，內容大同小異，但她的筆跡卻愈來愈細。那又細又弱的筆跡或許象徵著母親的艱難處境，我多麼期盼有一天，她能以強而有力的筆跡寫封信給我，或是直接撥通電話給我，分享最近遭遇的趣事。我一直如此期望著。

父親調到東京時，他問我願不願意隨他搬家，我的回答是「死也不要」。我告訴他，我一個人可以活得很好，大不了到漁船上工作。這已經是我能做到的最大報復，但父親只是輕輕點頭，似乎一點也不在乎。不但如此，他像是有些鬆了口氣的模樣，這時我才察覺，他一心只想到東京與外遇對象一起生活。我什麼話都說不出口，但我到現在仍忘不了那一天，那是個天氣陰霾的星期四早晨，父親看了一眼手表，摸了摸領帶，便出門上班去了。

那天晚上，乙太郎提出讓我住在他家的要求。我一整天沒去上課，躲在庭院裡，拿石頭砸兒童節時拍的自己的照片。乙太郎這天剛好提早回家，看見庭院裡的我。他問我發生什麼事，我一五一十地說了。他一直在家裡陪我等父親回來，並跟我父親商量我今後的生活。

——阿友就讓我來照顧吧。——

乙太郎獨自喝著他自己帶來的罐裝啤酒。父親只淡淡說了一句「好」。我聽了如此心不在焉的回答，氣得幾乎想抓起眼前的菸灰缸，朝他頭上砸去。但我還沒做出任何舉動，乙太郎已先開了口。

──阿友這孩子，我很喜歡。──

咚的一聲響，乙太郎重重地將啤酒罐放在桌上。他緊抓著啤酒罐，縮起肩膀，低著頭沒說半句話。他維持著這姿勢許久，表情彷彿在忍受著難熬的牙痛。許久後，他終於抬起頭。

──這不是剛好嗎？──

乙太郎的目光穿過啤酒罐，朝我父親射去，過去我從未見他露出如此銳利的眼神。

──反正你也不想要他，不是嗎？──

父親瞬間瞪大了雙眼，接著像個做壞事被抓到的小孩般，臉色一變，露出投降般的表情。當時父親的那個表情我大概一輩子也忘不了。

我將母親寄來的信塞回信封裡。

「回信時記得告訴靖江太太，你打算念應用生物學系。」

乙太郎拿起酒杯，語氣中充滿驕傲。

(十)

十天後的晚上，我再次前往那個家。

根據規定，實施白蟻驅除作業後的兩週內，為了避免殘留藥劑危害人體，任何人都不能進入地板底下，但我實在等不了兩個星期。

等乙太郎與奈緒睡了之後，我再次穿上雙層的工作服，拉開庫房的鐵捲門。考量到地板下可能還殘留藥劑，我帶了一個附消毒罐的面罩。乙太郎在進行驅蟻時會戴這種面罩，上頭的消毒罐和溜溜球差不多大，附有消毒過濾網，可以吸收瀰漫在空氣中的藥劑。

我告訴自己，如果我抵達那屋子時，沒半間房間開著燈的話，我就立刻轉頭回家。這是我用來說服自己的最後底線。

然而上次的那間房，今晚再度亮著燈。

庭院門的內側，停著她的白色腳踏車。

我推開庭院門，踏著碎石地面，朝屋後走去。我的步伐愈來愈快，腳步聲跟心跳聲幾乎重疊。我取下檢查口的柵欄，鑽進黑暗的四方形洞穴裡，一股刺鼻的藥水味頓時撲鼻而來。帶著面罩果然是正確的決定。

我將面罩套在頭上，將固定帶拉到腦後扣緊。這面罩平常都是乙太郎在用，上頭殘留著些許菸味。我拿出手電筒一照，地上盡是竈馬的屍體。矮柱被藥劑染成深褐色，到處釘著木栓。實施驅蟻作業的時候，必須先以電鑽在柱上鑽洞，注入油性藥劑，然後以木栓將洞口封住。此外還有數根棒狀金屬物，在手電筒照耀下閃爍著光芒。那叫防蟻柱，當地板下的柱子被白蟻啃食嚴重時，就必須以這玩意來維持基礎的強度。

我在地板下匍匐前進，無數竈馬屍骸被我的胸腹碾碎。我繞開縫隙特別窄的區域，繞著半圓形的路線朝上次那房間前進。我的左右手手肘交互移動，將身體往前拉，每前進一步，便感覺胸口的痛楚彷彿增強了一分。之前我在拉開庫房鐵捲門時，這種疼痛感便已存在。我問自己，真的想聽她的聲音嗎？真的想聽那男人壓著她激烈扭動時，床鋪所發出的那時強時弱的吱嘎聲嗎？

這一晚，我再次聽見床鋪的吱嘎聲，也再次聽見金屬承軸的痛苦呻吟聲。

我在黑暗中屏住呼吸豎耳傾聽。在那一瞬間，我明白了。那床鋪的吱嘎聲、她的呻吟聲及喘氣聲，是我最想聽見的聲音，同時也是我最不敢聽見的聲音。我感到痛苦煎熬，彷彿有隻手伸進我的肋骨之間，揪住了心臟，同時我的下腹部變得又熱又燙。我不知不覺中已翻轉身體，放下右手中的手電筒。我可以感覺到她就在我的上方。我想像她正閉著眼睛，雙手指甲緊緊扣住男人的身體。

「老師……」

她以哽咽般的聲音，再次說出了這句我唯一聽得懂的話。接下來她斷斷續續地發出哀求聲，但那些聲音都太過模糊。床鋪的吱嘎聲沒有一刻停止。男人似乎也在說話。語氣中充滿殘酷，似乎正以拒絕對方的懇求為樂。

「……沒有。」

男人的說話聲突然變得異常清晰，我不禁嚇得全身僵硬，但他的音量並未提高，不知為何聽起來會突然如此清楚。

「…………」

然而男人的下一句話，又變得模糊不清了。此時我恍然大悟，或許男人剛剛那句話，是故意湊在少女的耳邊說的吧。因為距離地板較近，所以聽起來清晰了些。

床鋪的吱嘎聲遲遲不曾止歇。她的聲音也一樣。在那維持著一定規律的聲響中，偶爾會穿插著一些彷彿是在忍痛的短促叫聲。我完全沒有那方面的經驗，不明白那代表著歡愉，還是痛苦。我試著回想從前在朋友家裡看的錄影帶。但我做不到，我無法將她與那些影片中的女人聯想。那種對著鏡頭脫光衣服，容許不喜歡的男人侵占自己的肉體，明知道將被無數陌生人看見卻依然笑得出來的女人，無論如何不能與她相提並論。然而一個在深夜鑽進別人家地板下偷聽的男人，有什麼資格瞧不起錄影帶中的女人？

「登子……」

男人的聲音又變得清晰。

「登子……」

我以戴著面罩的嘴跟著喃喃自語。一股興奮感直竄上我的背脊。我終於知道她的名字。登子……登子……登子……床鋪不斷搖晃，她的聲音愈來愈大。登子……我感覺腦袋彷彿麻痺了，好似有根銳利的金屬物插入我的腰間，直鑽入我的腦門。

就在我宣洩慾望的同時，男人似乎也獲得滿足。

寂靜持續了好一會兒。接著我聽見移動身體的聲音，及兩三句聽不清楚的細碎交談。男人發出沉重腳步聲，踏著地板逐漸遠去，那腳步聲彷彿是踏在我的身上，從頭頂到背部，背部到腰際，腰際再到雙腿。

接著，再度陷入寂靜。

那個人……登子此時在做什麼呢？是否跟男人一起離開房間？她的體重比男人輕得多，或許我沒聽見她離去的腳步聲。我試著等了數分鐘，還是聽不見半點聲響。我輕輕伸出右手，重新戴上手套，拿起地上的手電筒。與十天前相同的空虛感，再次滲透到我的全身。我感覺胸腹之間彷彿被開了個黑洞，所有內臟不知掉到何處去了。

我只想回家。

黑暗中，我閉著眼睛喘息。工作服內側吸附的汗水及口中的黏液讓我相當不舒服。我緩緩移動四肢，翻轉身體，將手電筒朝來時方向照去。就在這時，我聽見了細微的聲音。

「…………」

「…………」

「…………」

那個人在哭泣。

她大概正將臉埋在棉被裡。

我從未聽過如此令人鼻酸的哭聲。充塞在那削瘦肉體之中的冰冷哀傷，彷彿在皮膚內側不斷膨脹，為了尋找出口而痛苦掙扎，最終通過了狹窄的喉嚨，從齒縫間傾洩而出。我似乎看見了她的肩膀，在來自天花板的明亮光照下，不停顫抖著。她以疲軟虛弱的十根手指擠出最後一絲力氣，緊緊抓著棉被。

啜泣聲彷彿逐漸遠去，最後終於完全消失。我聽見無助地移動身體的聲音。她的腳步聲緩緩踏過我的背，比剛剛那男人輕得多。接著左手邊傳來水流通過管路的聲音。我回想著當初第一次鑽進這地板下時摸清楚的格局方位，判斷那聲音來自於浴室。

（十一）

我再也戒不掉這壞習慣。

當然，不是每晚。我一直警告自己該戒了、該戒了。當我在學校，或是與乙太郎、奈緒一起在家裡時，我還能自我克制。但每當夜闌人靜，一個人在房裡看著天花板，我的耳中就會聽見她的聲音。就連窗外此起彼落的秋蟲鳴叫，也全化成她的聲音在我腦中迴盪。每當我看見兩隻在空中交尾的紅蜻蜓，我的心裡便滿是她的身影。我沒吸過毒，甚至沒看過毒品，但我猜想這就跟戒毒時全身搔癢不堪的戒斷症狀有點像吧。每當我這麼想，我便更加無法克制自己。所謂的戒斷症狀，或許只是我刻意穿鑿附會的免罪券。

那段日子，我到底在那黑暗的地板下聽了幾次她的聲音？聽了幾次床鋪的摩擦聲，以及男人的呢喃聲？每三天，我的惡癖慾望就會壓過理性，逼得我拉開庫房的鐵捲門。當然我並非每次都能聽見那行為的聲音。有時，屋裡毫無燈火，聽不到一點人聲。有時，庭院門後看不到她的白色腳踏車。事實上頭幾次，我經常撲空，但我後來漸漸掌握了規則，掌握到她住那裡的日子多半是週六或週日。自從掌握這規則後，我幾乎每個週六都行動。但我必須等乙太郎與奈緒熟睡後才能出門，有幾次抵達地板底下時，那行為已經結束了。我不認為他們根本沒發生那行為，因為隔著潮濕的地板，我可以感受到一股激情後的餘韻。每當這種時候，我就靠這股餘韻自慰。我不認為自己瘋了，因為我知道如果不這麼做，我會瘋得更嚴重。整個秋天，我的內心深處一直保留著她的聲音、從未親眼見過的雪白肉體、緊閉的眼皮及微微顫動的睫毛。

某個星期六深夜，我回到家中，正在庫房裡脫工作服，突然我聽見奇怪的聲音。但當我屏住呼吸仔細聆聽，卻什麼也聽不見了。我以為是我的錯覺。

我躡手躡腳地走出庫房，走廊上沒有人影。才剛鬆一口氣，轉身要回房間，驟然聽見背後傳來說話聲：

「你在庫房？」

轉頭一看，奈緒正站在廚房裡。

光線太暗，我看不清楚她的表情，但從語氣聽來似乎沒有深意。我心想不能表現出不自然的態度，於是急忙點頭。

「對，我在庫房。」

「做什麼？」

奈緒朝我走近，我終於看清了她的臉。她揚起眉毛，一臉錯愕地等待我的回答。我回想起小時候，有次朋友教我一招魔術，我表演給奈緒看，她也是露出這樣的表情。當初乙太郎跟她說，我要住在這個家裡時，她臉上的表情也是這樣。這如此熟悉的稚氣表情，如今卻帶給我一種莫名的焦躁感。

「沒什麼。」

我隨口回答，甩頭便走。

「沒什麼？」

奈緒似乎想繼續追問，但我不理她，繼續邁步。背後傳來細微的腳步聲，那腳步聲遲疑了一會兒，停頓片刻，忽又加快速度，朝我而來。奈緒奔到我的前方，擋住我的去路。

「阿友，你沒做什麼奇怪的事吧？」

奈緒緊緊盯著我的臉，彷彿擔心一轉眼我就會逃得無影無蹤。我緊閉雙唇，什麼話也沒說。

「你是不是拿藥做了什麼？」

奈緒這問題完全超越我原本的預期，我愣了一下，試著思考這問題背後的含意，但還是無法理解。

「藥……？什麼藥？」

「白蟻的藥。」奈緒冷冷地說。

「前一陣子，有次洗衣機裡的工作服上有藥味，但那天爸爸並沒有安排驅蟻作業，我一直覺得很奇怪。」

我一驚，登時明白她指的是我第二次潛入那屋子地板下那晚。當時地板下還殘留著藥劑味。

「這事我本來也忘了，但我現在看你從庫房走出來……」

原來如此，奈緒懷疑我在三更半夜拿藥做了什麼不好的事。我想不出驅除白蟻的藥除了驅除白蟻之外還能做什麼，奈緒多半也只是胡亂猜測而已。

「我什麼也沒做。」

「……那就好。」身穿睡衣的奈緒這才放鬆了肩膀。

我輕輕一笑，走回房間裡。

我關上拉門後，站在門後傾聽，聽見了庫房內拖鞋的腳步聲，那細微的步伐在庫房裡像懷疑什麼似地徘徊了好一陣子。

當時大約十一月中旬。轉開電視，每一台都在報導柯林頓當選美國總統的新聞。我戒不掉那個壞習慣，卻又為此深深自責與苦惱。如今回想起來，那樣的煩惱實在既青澀又愚蠢。但當時我才十七歲，這對我而言是天大的煩惱，且痛苦與日俱增。感覺像是喉嚨塞住了，難過得無法呼吸。不管吸入多少空氣，也無法消除那窒息感。

那天是小夜的七回祭。她過世於夏末，但親戚中有人務農，為了避開稻米收割的繁忙期，因此喪祭儀式選在這個時期。

在菩提寺（註）的喪祭儀式結束後，乙太郎在附近小壽司店的二樓設宴待客。我也混在親戚之中，有一句沒一句地聊著關於小夜的事。小夜雖已過世好幾年，但那樣的死法，永遠沒辦法讓人平淡看待。宴席上，每人都怕說錯話，不管喝了多少酒，

註：「菩提寺」指的是日本佛教習俗中負責管理祖先、家族墳墓及牌位的寺廟。

還是死氣沉沉。只有偶爾低聲交談幾句，讓酒杯碰觸桌面的聲響及咀嚼醬菜的聲音聽起來特別明顯。我朝矮窗望去，從窗罩的縫隙之間，可以看見這個菩提寺裡的大公孫樹。我愣坐在會場角落，看著那已枯黃的樹葉在蕭瑟寒風中虛弱地搖曳。我一面看著，一面想著那令自己成癮的深夜行動。混雜在這些純樸人們當中，讓我更加羞愧得無地自容。沒多久外頭飄起小雨，所有人都閉上了嘴，將視線投向窗外。

晚上七點多，我、乙太郎及奈緒三人搭公車回到家中。雨已經停了，高掛空中的弦月看起來是乳黃色。

「……喝一杯吧。」

乙太郎自廚房拿出日本酒的酒瓶。以前他喝酒，從不會特別說出口。或許是身上那套喪服長褲與襯衫的關係，今天的他宛如變了一個人。

「阿友，喝不喝？」

乙太郎問這話時，手上早已拿著兩個玻璃杯。我理所當然地點頭，但其實我從未喝過日本酒。我一邊吃著昨天晚餐剩下的燉煮芋頭，一邊喝起日本酒。那酒一點也不好喝，但讓我第一次嘗到喝醉的感覺。那感覺並不壞，以前喝啤酒時從不曾有過這樣的體驗。

「我現在……偶爾還會夢到露營的事。」

奈緒到庫房去洗衣服，乙太郎突然嘆口氣對我這麼說。我沒回話，只是看著他，眼前的景色已有些搖擺不定。

「不只是逸子，還有小夜……」

突出的喉結上下翻動。

「小夜她……是被我害死的。」

「伯父。」

「她嘴上沒說，其實一定恨著我。」

「伯父，沒那回事……」

我還沒說完，乙太郎已冷冷地打斷我的話。

「是我殺了她。」

咚的一聲，乙太郎將酒杯重重放在桌上，彷彿宣告著對話結束。他弓著背，以右手握緊酒杯，那模樣有點像當初他向父親要求照顧我時的樣子。

伯父，你錯了。

我低頭看著自己的酒杯，在心中落寞地自言自語。

殺了小夜的人，不是你。

那露營區位於N川的河岸上。當時是初春，我就讀小學五年級。邀我參加的人是乙太郎。他們一家四口計畫了兩天一夜的露營之旅，問我要不要一起去。我興奮地滿口答應。當時我心中已浮現清澈而冰涼的河水、長滿滑溜青苔的石頭、橫著鑽來鑽去的螃蟹。我哀求母親讓我去，母親同意了，還答應幫我向父親求情。

星期六下午，我坐上橋塚驅蟲公司的箱型公務車。乙太郎伯父開車，逸子伯母坐在副駕駛座看地圖，三個小孩與行李一起擠在兩人座的後座。小夜當時讀國中一年級，身高雖不算太高，但手腳像植物梗一樣修長，變得比小時候更加文靜。若看她的側臉，會發現鼻梁到下巴的線條變明顯了，不再像以前那麼圓潤。頭髮長度雖然沒有改變，但似乎比以前更加柔順，整整齊齊地垂在臉旁，彷彿是完全服從主人命令的僕從。她彷彿早我們一步變成大人，但又像跟我們一樣是小孩，那蘊含了矛盾要素的側臉，具有讓我幾乎忘了呼吸的魅力。車子不停搖晃，我跟奈緒正搶著餅乾糖果，但其實我一直注意著另一側的小夜所傳來的體溫。途中，乙太郎為了休息而將車子開進超市的停車場，所有人都下車到自動販賣機去買飲料，我趁此刻偷偷觸摸了小夜坐過的位置。小夜冷靜如冰的氣質，與座位所殘留的熱氣，讓我感到極大的落差。我輕撫座位，直到乙太郎在車外呼喊我的名字。

那段露營的時光相當快樂。

彷彿心中描繪的夢想真實地呈現在巨大的螢幕上。放眼望去，四周盡是綠意，那是我從未見過的深綠色。太陽光透過樹葉灑落在黑色泥土上，勾勒出不可思議的圖形，空氣中盡是泥土與青草的香氣。我趴在懸浮著落葉的河裡，朝清澈的流水中仔細觀察，小魚一溜煙便逃得不見蹤影，只留下河底的混濁泥沙。乙太郎搭帳篷的技巧高明得令我吃驚。那帳篷是向管理中心租來的，雖有點小，但勉強睡得下五個人。乙太郎搭完帳篷，志得意滿地拍手叫好，那景象如同一幅畫般保存在我心中。帳篷的後頭是一座山，那山的形狀與帳篷一模一樣，卻比帳篷大得多。我微微張著口，望著那遠方的高山，乙太郎突然說他要變個魔術，他要在一秒鐘之內讓那座山消失。

——好了嗎？看仔細了，就是那座山——

乙太郎繞到我身後，以雙手捧住我的臉頰，讓我的臉正面朝向那座山。乙太郎的手指又硬又粗糙。翠綠的山巒聳立在我的正前方，上頭飄著白煙，不知是雲還是霧氣。一陣微風帶來青草味，彷彿是為了增加舞台效果，更讓我興奮不已。

——我要變嘍，阿友。一、二……——

在乙太郎喊到「三」的瞬間，那座山真的消失了。

但我一點也沒有驚訝的感覺。不只是山，包含帳篷跟天空，所有一切都消失了。

而我只感覺被騙了。乙太郎在我背後哈哈大笑。

——連由里・蓋勒（註）也沒我厲害。——

乙太郎說著我似曾聽過卻不知來歷的名字，放開蓋在我眼上的雙手。山、帳篷跟天空再次出現。

——你作弊！——

我向乙太郎抗議，他卻得意地點頭。

——沒錯，我是作弊。不過，阿友你聽好了。對大人而言，作弊是很重要的事。等你能靠自己的力量把山變不見，你就是個真正的大人了。——

我不懂乙太郎這句話的意思，只是興匆匆地對著帳篷跟山擠眉弄眼。有時閉起一隻眼睛，有時將眼睛瞇成一條縫。逸子伯母笑著從保溫箱裡拿出罐裝茶與醬菜。

逸子伯母做的濃湯、乙太郎以樹枝削成的蝗蟲、沾在小夜身上的山百合花粉、奈緒抓到的小螯蝦。奈緒將那小螯蝦放進帶來的塑膠水槽中，跟在眾人後頭，一路從河邊走回帳篷，每走幾步，就駐足低頭看看水槽。這一切的一切自我的胸口滲透到全身，讓我感到有如重獲新生般，那是從未有過的興奮。那年頭或許不流行露營，整個場地沒什麼人，只有兩組攜家帶眷的家庭，以及一組高中生。這讓景色變得更加充滿魅力，彷彿來到另一個國度。潮濕的落葉不知何時掉落於露營區角落，隱隱發散一股腐敗酸味。傍晚的天空有如倒了顏料般紅豔，一隻碩大的鳥在空中不停盤旋。

太陽完全下山後，乙太郎拿出手電筒，帶我們登上展望廣場。階梯相當陡，我跟奈緒爬到後來都感到有些吃力。那是個新月的夜晚，自展望廣場向外望，四周一片漆黑，彷彿不緊緊踏穩地面，就會被吸入那無盡的黑暗中。我們互相看不見對方的臉，但聲音在夜色中卻異常響亮，迴盪在山巒之間。走下廣場的時候，小夜走到剩下一階時，故意併攏雙腿往下跳。我看她做出這個舉動，才明白沉默寡言的她，此時也正感到興奮。原本逐漸疏遠的距離，這時似乎又拉近不少。我相當開心，卻又有種錯覺，彷彿那舉動是我不該看見的。

接著，我們在帳篷外燒起營火。我們的帳篷就在剛剛登上的展望廣場的正下方。

乙太郎一邊將撿來的樹枝塞進火裡，一邊露出賊兮兮的笑容。火光將他的臉照成橘紅色，顴骨變得異常明顯。管理中心所列的注意事項上寫著「禁止燒營火，只能使

——照規定其實是不行的。——

註：由里・蓋勒（Uri Geller，1946-）是著名魔術師，自稱擁有超能力，在八〇年代以一招「折彎湯匙」風靡全世界。

用火爐」，但乙太郎得意地說，反正管理中心晚上沒有人，不會被發現。

我們圍在營火旁，吃著逸子伯母準備的草莓。

——阿友，要不要去開車兜風？——

——現在？——

——對，現在。在一片漆黑的山道兜風。——

後來……

「伯父，你也吃一些吧。」

我刻意中斷回想。截至目前為止的回憶還沒什麼，但絕不能再想下去。

我將裝著芋頭的小碗推出去，乙太郎只是點點頭，卻沒有動筷。他雙眼半開半闔，想必也在想著我剛剛努力抹除的回憶。

「光喝酒不吃東西，對身體不好。」

乙太郎終於抬起頭。他露出燦爛的表情，「嘿嘿」地笑了。

「我去廁所。」

他像老人一樣以手撐著桌面，緩緩站起，朝廁所走去。我在客廳等了許久，卻遲遲不見他從廁所出來。

那一晚，乙太郎喝了好幾杯日本酒，我也喝了一杯半。這是我第一次喝日本酒，腦袋彷彿失去支撐，感到天旋地轉。

「阿友，你不要緊吧？」

我試著站起來，奈緒以兩手扶住我的腰。乙太郎不知何時已趴在桌上睡著了。我不知道現在是幾點，轉頭望向牆上的時鐘，卻看不清楚盤面上的數字。

「什麼要不要緊？」

「你醉得搖搖晃晃。」

「我沒醉。」

我本來想去廁所，但一站起來，突然有種想要立刻鑽進被窩的衝動。於是我走出客廳，朝房間前進。奈緒一直跟在我身後，雙手若即若離地舉在我的肩膀兩側，似乎擔心我摔倒。我感覺兩條腿不太聽使喚，走廊牆壁以我為中心，正不斷旋轉，不可思議的是我沒有撞到牆壁。我的臉熱得發燙，眼球背後好像有把火在燒，心臟每跳動一下，火勢彷彿增大一分。

「伯父說，小夜是他害死的。」

一時之間，我不知道說話的人是誰。那聲音聽起來相當遙遠。但我馬上察覺，唯一有可能說這句話的人只有我自己。

我可以感覺到背後的奈緒在一瞬間繃緊了神經。

「他提到露營的事。我想他大概很自責，但他其實沒必要自責，因為害死小夜的人並不是他。」

我一蹬腳，跳進黑暗的房內，整個人倒在一整天不曾收起的被窩裡。此時我身上還穿著喪禮用的襯衫。

「奈緒，妳知道嗎？」我將臉埋在棉被裡說道：「害死小夜的人，是我。」吐出來的氣息好燙。全身使不出半點力氣。別說是轉頭，連動一根小指都沒辦法。

奈緒沒有回話。

我感覺不出時間的流逝，不知經過多久，或許只有三十秒也不一定。穿著襯衫的背上，突然感受到輕微的壓力。意識混沌下，我想到的是有東西從天花板掉下來了，例如天花板的碎片，或是一大團灰塵。對這時的我來說，那似乎很合理。壓在我背上的那一小塊東西先是緩緩往旁邊移動，停了下來，消失了片刻，忽然又以更大的面積壓在我背上。

原來是奈緒的手掌。

明白了這一點，我感覺全身的神經在一瞬間全往背上集中。但下一秒，一種被當成小孩子的不快感逐漸湧上心頭。我粗魯地翻過身，將背部抵在棉被上。我看見昏暗的天花板，以及默默俯視著我的奈緒。從她的衣領輪廓，我看出她也還穿著喪服。那是她高中的白色襯衫。

奈緒再次伸出手，這次她將手放在我的胸膛。

「那不是任何人的錯。」

奈緒輕輕抓著我的襯衫說。

「那是意外，不是任何人的錯。」

「那自殺呢？」

我來不及細想，已問出口。奈緒遲疑片刻。

「那也……不是任何人的錯。」

奈緒的手往我臉上移動，指腹輕輕碰觸我的臉頰。她的手好溫暖。

或許她想如同母親一樣安慰我吧。但她根本不知道我說那些話的意思，因為我不曾告訴她真相。我一直隱瞞著她。我把六年半前自己害死小夜的那件事，一直藏在心底。換句話說，一無所知的奈緒此時的心情只像是在哄一個喝醉的任性小孩。她肯定正在取笑我吧。

突如其來的衝動，讓我抓住奈緒的手腕。她嚇得急忙縮手，但我以更大的力量往回拉。奈緒的另一隻手、她的肩膀、臉、綁在頭後的馬尾，全落在我的胸口。奈緒一邊不知咕噥著什麼，一邊掙扎著要離開，但我不放她走。我以右手抓緊她的手腕，以左手按住她的背。我想對她做些殘酷的事情，我想讓她難過。

「伯父叫我跟妳結婚。他說，阿友，希望你跟奈緒湊一對。奈緒，妳說呢？」

奈緒沒有回話，只是拚命掙扎。我感覺到她在我懷裡喘著氣。

「但是我知道妳沒把我當成男人，我們從小相處，已經認識太久了。現在的我在妳眼中，只是個發酒瘋的笨蛋。但我剛剛那些話，可不是隨便亂說的。小夜真的是我害死的，是我殺了她。我喜歡她，卻奪走她的生命。」

我感覺眼睛深處又痠又痛。奈緒甩動身體，我以渾身的力氣將她拉回來。我緊緊閉上眼睛，湧出的淚水通過我的太陽穴，往耳後流去。

「想不想知道我是怎麼做的？要不要我告訴妳，我是怎麼殺了小夜？」

奈緒奮力扭動上半身。原本按在她背上的手，隨著她的身體一起離我遠去。下一瞬間，她像頭兇猛的野獸，以半握的手掌朝我臉上揮了一拳。

我翻過身，整張臉埋進棉被裡，聽見逐漸遠去的腳步聲。那不是倉皇逃走，而是充滿悲哀的沉重步伐。

當我醒來時，我沒有看時鐘。

所以我不知道當時幾點。

家裡一片寧靜。我掙扎著爬出棉被，打開拉門，將頭探到昏暗的走廊上。客廳及廚房的燈都已熄滅。

我跌跌撞撞地走向庫房。無論如何，我不想繼續待在家裡。挨了奈緒一拳的顴骨還在隱隱抽痛。什麼都不知道的乙太郎，將小夜的死當成他的錯，這讓我心中充塞著無名火。我感覺到一股混濁的白色激流，在我的胸腹之間翻騰。

往洗衣機裡一瞧，裡頭一件骯髒的工作服都沒有。我拿起吊在衣架上的乾淨工作服，套在襯衫與長褲的外頭，拉開鐵捲門。

黑暗的街景在我眼前不停搖晃。我穿過巷道，走向海邊。持續不停的蟲鳴聲彷彿也在搖晃，有時異常遙遠，有時突然在耳畔響起。不規則的沉重腳步聲，聽起來一點也不像是自己發出的。不舒服的醉意黏附在我的腦袋內側，不管我吞吐多少次冰冷的空氣，都沒辦法將那噁心的感覺洗去。

我一如往常穿過暗巷，來到那屋子前方。所有的燈都是暗的，但門口旁停著白色腳踏車。

繞到屋後，低頭望向那漆黑、狹小的檢查口。此時我才想到忘記帶手電筒。我鑽進孔內，深深體會到再暗的黑夜也有微弱的光芒。只有在這孔洞之中，才存在真正的黑暗。地板下的路線，我早已記得一清二楚。不是用腦袋，而是用身體。我在黑暗中不斷往前爬、不斷往前爬，朝著那房間前進。就算什麼都聽不到也沒關係。只要能稍微感覺到她的存在，那就夠了。有她在的地板下，就是我的避風港。

「…………」

我再次聽見啜泣聲。

就跟第二次鑽進這地板下的那晚一樣，她在我的正上方低聲哭泣。但這次的哭聲聽起來比上次疲累得多，那是哭了太久，已用盡所有力氣的嘶啞哽咽聲。

那聲音就像沒關緊的水龍頭所滴出的水滴，間隔愈來愈長。我聽見移動身體的聲音、被褥的摩擦聲。接著，她的腳步聲從我的上方通過。

浴室裡的管線發出聲響。

我靜靜地等著。此時我還不想回家。黑暗與醉意，讓我的眼皮愈來愈沉重。管線發出數次聲響。我感覺身體彷彿逐漸沉入地底下。我閉上雙眼。黑暗本身並沒有任何變化，但我感覺自己正逐漸融入那黑暗之中。

……

…………

……………

喚醒我的，是一股刺鼻的臭味。

我立刻察覺，某些不該燃燒的東西正在燃燒。我絕不會弄錯，因為在那六年半前的露營區，我曾聞過相同的味道。

我急忙屏住呼吸，張開雙眼。但我什麼也看不見。我不可能看得見任何東西。我撐著地面，翻轉過身體。我知道有東西正在燃燒，某間房間一定起火了，我一定要立刻逃離這裡才行。我拚命擺動雙手，扭動身體，以雙腳將泥土往後踢。不斷前進、不斷前進，朝著出口前進。呼吸愈來愈困難。我拚命將空氣吐出再用力吸進。臭味比剛剛更濃了。我知道，這是一場火災。原本因慌亂而模糊不清的恐懼感，此時逐漸變得清晰。我使盡所有力氣翻動雙手手肘，朝出口前進。兩隻腳像發狂似地往後踢。腰際撞在柱子上，卻一點也感覺不到疼痛。我什麼也看不見，不知道此時身處何處，甚至不知道自己有沒有在前進。前後左右皆是一片黑暗。我感覺身體愈來愈冷。我有種錯覺，似乎有根長針插在我的背上，讓我變成再也無法逃走的標本。不管我如何拚命移動手腳，似乎都沒有前進，沒有靠近出口半分。幸好那只是錯覺，我終於看見檢查口出現在視線的角落。那四方形的出口，正微微泛著月光。快到了，快要可以出去了。我的頭穿過最後一處地基縫隙。接著是左腕、右腕、胸部、腹部。但是就在這一瞬間，我的腰際彷彿被一隻巨大的手抓住了。那巨大的手以驚人的力量阻止我繼續前進。為了逃出那魔手，我拚命翻動身體。堅硬而帶稜角的觸感，隔著工作服抵在我的腰骨上。我完全動彈不得。那隻魔手說什麼也不肯放過我。

驟然間，我恍然大悟。這裡是地基縫隙特別狹窄的區域。我為了怕工作服扯破，每次都繞遠路避開這個區域。

濃煙明顯增加了。令人作嘔的刺鼻臭味充塞在我的肺中。我無法動彈。無法前進，也無法後退。我忍不住發出哀嚎，那充滿絕望的聲音連我自己聽了都感到毛骨悚然。我拚命以雙手撥土，彎曲雙腿，將趾尖插進土裡，用力往後踢。我不停地踢、不停地踢，但還是無法前進。我的呼吸變得愈來愈急促。火災的黑色臭氣自我的肺部逐漸擴散至全身。我大聲呼喊，但聲音寂寥地融入四周的黑暗之中，沒獲得半點回應。抓住我腰際的魔手，力量愈來愈強，我感覺身體隨時會被捏扁，就好像一個天真的頑皮小孩，不曉得自己抓著青蛙的手已太過用力。我想像著內臟全被擠出嘴外的畫面，不斷掙扎。為了活命，我不斷掙扎。就在這時，我的右手手背碰到硬物。那是防蟻柱。乙太郎在進行驅蟻時裝設的補強結構。我以雙手抓住那柱子，使盡渾身力氣彎曲手臂。就在那一瞬間，左右兩側的腰骨傳來劇痛。

（十二）

兩天後的早報上刊登了那則新聞。那是場發生在深夜的火災。

「喂，阿友！這不是上次那棟屋子嗎？」

乙太郎趴在桌上，錯愕地盯著報紙看。我察覺自己的手在發抖。為了不被發現，我將雙手平貼在榻榻米上，湊過去朝報上的文字張望。我看見「房屋全毀」，又看見「屋主綿貫誠一（56歲）葬身火窟」字樣。

「喂，這不是那個戴著方框眼鏡，看起來很臭屁的傢伙？」

我什麼話都沒說。我知道此時我說出任何話，聲音都會是顫抖的。

「天啊，竟然有這種事。那個人死了。奈緒，妳看，這就是我上次驅蟻的屋子。那個很像小夜的女人，就是在這屋子裡遇到的。就是這屋子，竟然燒掉了。火災，發生火災了。」

「真的嗎？」

奈緒不安地板著臉說。自兩天前那晚，我被她揍了一拳後，便再也沒跟她對看過。

「真的、真的！地點跟名字都沒錯！」

我幾乎沒吃半口早餐，便倉皇地拿起書包，逃出家門。走在冷風吹拂的街道上，想著那晚發生的事，耳中彷彿聽見那晚的聲音。

多虧那根防蟻柱，我成功穿過狹窄區域。接著我一鼓作氣爬向出口，鑽到外頭，在夜晚的空氣中激烈喘息。我四下張望，沒看見任何人，也沒聽見消防車的聲音。鬱積在肺中的濃煙讓我產生猛烈的嘔吐感。我咬緊牙關，以雙手摀著嘴，右轉奔過屋子與圍牆之間的通道。濃煙瀰漫，連羅漢松的輪廓也變得模糊不清。那些黑煙都是從我身旁的矮窗中竄出的。或許窗戶是開著的，也或許濃煙是從緊閉的窗戶縫隙間噴出。我根本顧不了那麼多，只想趕快逃命。就在我奔出重重濃煙，進入前方庭院時，我下意識地往左右看了兩眼，沒看見那輛白色腳踏車。

我打開緊閉的庭院大門，死命地奔入夜色之中，一次都沒有回頭。或許我應該呼喊，通知大家發生火災，呼叫消防車趕來滅火。但我沒這麼做，因為我身上穿著沾滿泥土的工作服。消防隊員肯定會問我，穿著這身衣服在這裡做什麼。我一定答不出來。我想不出任何可以蒙混過去的藉口。何況就算我有辦法騙過消防隊員，如果查問過程拖得太長，回到家時或許乙太郎及奈緒已經醒了。他們看見我在清晨穿著這身衣服回家，一定會追究原因。當他們盤問起我時，我想不出合理的交代。

我奔到濱海道路上。這裡一片靜謐，完全感受不到村裡某棟房子正在失火燃燒的氣氛。月光照耀下，水面自近處至遙遠的彼端皆閃爍著白色光輝。我拖著沉重步伐奔下通往港邊的階梯，整個人跪倒在防波堤邊，兩手撐著地面激烈喘息。濃煙與恐懼逼得我不斷朝著陰暗的海面嘔吐。嘴裡盡是噁心的酒味。

吐了許久，我慢慢收攏疲軟無力的四肢，勉力站起來。身體裡的內臟彷彿全融化了，變成渾濁的嘔吐物。直到這時，我還是沒聽見消防車的聲音。我終於敢轉頭往那棟屋子的方向望去，萬籟俱寂的夜色中，我看不到任何吸引我目光之物，天空沒有被染紅，也沒有陣陣濃煙上竄。或許那只是場小火災，或許綿貫察覺失火，已經將火滅了。我試著如此說服自己。

我愣愣地站在原地數分鐘之久。

回想起不久前我步伐沉重爬上水泥階梯，奔向濱海道路時的畫面。

我似乎看到什麼。

不是現在，是那時候。

在我衝下這階梯的不久前。

我到底看到什麼？

我不禁停下腳步。當時看到的那景象，對我而言相當重要。我的腦袋如此對我訴說著。就在我奔出那棟房子的門口，專心一意地奔跑、奔跑、奔跑……在那途中的某個瞬間，我右手邊曾出現了某樣東西。

那是……

那是一輛白色腳踏車。

腳踏車旁有一道人影。

我真的看見了嗎？那會不會是腦袋混亂造成的錯覺？但我愈是回想，記憶愈鮮明，幾乎讓我沒有懷疑的餘地。

她確實就站在巷道的轉角。

當時我死命地奔跑，從她身邊經過。

一股寒意直竄上我的背脊。我迅速環顧四周，沒看見任何人影。我朝剛剛看見她與腳踏車的地方奔去，那裡同樣空無一人。

我聽見「唰」的一聲輕響。那聲音是哪來的？我急忙左右張望，但什麼也沒看見。那是什麼聲音？為何我總覺得那聲音以前曾聽過？沒錯，上次聽見那聲音，是在那棟房子的門口。我向乙太郎撒了謊，從漁港偷溜至那棟房子前的那次。

那是煞車的聲音。那個人的白色腳踏車的煞車聲。

(十三)

報紙上沒寫失火原因。

那是意外失火，還是人為縱火?

會不會是有人放火後逃走?

這件事會不會就是她做的?這樣的疑慮如同一團黑影，在我心中擴散。難道她在屋裡放火?她騎著白色腳踏車逃到靠近漁港的巷口邊，是想親眼見證縱火成果?就在那時我從她身旁奔過?

我不斷否定這個推測。這樣的推測，只是試圖把自己的責任推卸到她身上。這件事是我的錯，與她無關。那個姓綿貫的男人會死，全是因為我的關係。當我從地板下爬出來時，如果我叫了消防車，或是打破窗戶衝進去救人，或許那男人就不會死。沒錯，他一定能得救。但我沒那麼做。我自私而狡猾的雙腿，帶著我逃離現場。

自那天算起，又過了四天。

那是個入冬的午後。天空從一大早便覆蓋著一層薄雲，呈現一種噁心的白色，有如死魚的腹部。我從學校回來，正朝塞著報紙的家門口走近，那個人突然從圍牆後走出來。她朝我走近，完全沒有腳步聲，身體亦沒有絲毫晃動，有如出現在光天化日之下的幽靈。

她臉上毫無表情，緊閉著薄薄的雙唇，削瘦而雪白的臉頰毫無表情，長長睫毛後頭的漆黑眼睛直盯著我看。

她為何會在這裡？她是來找我的嗎？為什麼她一直盯著我，卻沒有開口說話？比起這些問題，我更在意的竟是另一件事。

她真的跟小夜好像。

一瞬間，我解開了過去百思不解的疑惑。

她跟小夜到底哪裡像？

我終於明白了。

是恐懼。

她眼睛的顏色、站姿、氛圍，一切的一切，都讓我感到恐懼，但那不是想要逃走的恐懼。就像面對一片未知的森林，那是一種散發出強大魅力的恐懼。

當她在我眼前輕啟雙唇時，不知道為什麼，我想起從前小夜的那場失蹤騷動，腦中浮現那天的雪景。接著我又想起那個夏日祭典的夜晚，插在阿知嘴裡的銳利竹筷，以及她吐出來的那塊染成鮮紅色的哈密瓜。

「你知道火災的事吧？」

我一聽到這句話，下巴登時僵硬，舌頭彷彿凍結，什麼話都說不出口。

驀然間她的眼神中流露出笑意。我想起那年冬天晚上，我因事情鬧得太大而害怕哭泣，小夜卻笑著說我哭的樣子很可愛。對，就是這笑容。

「我知道你那晚鑽進地板底下。」

她知道……

「不只是那個晚上，之前你已經來了好幾次。我常常感受到，有個人在我的下面。」

我的思緒一片空白，手腳的感知完全消失，身體彷彿只剩下軀幹跟臉，懸浮在冰冷的空氣中。

「火災那晚，我看見你從那屋子逃走。」

沒錯，我逃了。那男人死了。

「是你放的火吧？」

是我放的火？

是我？

不對，放火的是……

「我想向你道謝。」

放火的是……

笑意從她的眼中消失。她突然張大雙眼，我感覺自己好像要被吸入那深邃的眼睛中。

「謝謝你為了救我，殺了那個人。」

(!)

第二章

（一）

——阿友，要不要去兜風？——

露營那晚，乙太郎在營火前這麼問我。

——現在？——

——對，現在。在一片漆黑的山路兜風。——

乙太郎眼中充滿雀躍，簡直像是和我同輩的小孩。

之前乙太郎常帶我去兜風，我們去的地方多半沒什麼稀奇，有時是乙太郎從前念的國中，有時是開滿美麗油菜花的河邊，有時是只花一百圓就能吃到烤蛤蜊的海邊小食堂。乙太郎常帶我去喝那食堂所賣的味噌湯，那湯是用一種扁平的螃蟹熬煮而成，但我不知道那螃蟹的品種。平日午後，乙太郎常用公務車載我到這類場所。我總是坐在副駕駛座上，聽著乙太郎半開玩笑地述說往事。當時我年紀雖小，卻看得出乙太郎大概很想要個兒子。

──不行，你喝了酒。──

逸子伯母吃著帶來的草莓，皺著眉說。營火將她白皙的臉染成紅色，手掌的影子清晰地映照在臉頰上。

──一下子就好。──

──如果要去，我來開車。──

──那小夜跟奈緒怎麼辦？──

──一起去不就行了？──

然而奈緒已有倦意，顯得興趣缺缺。乙太郎癟起嘴，似乎要放棄，原本一直凝視著營火的小夜開口說話了。

──我陪奈緒留在這裡。──

她似乎也睏了，聲音中充滿虛無感。

──就妳們兩個？那太危險了。──

──別擔心，我們會待在帳篷裡。──

乙太郎有些遲疑，逸子伯母輕輕點頭。

──好吧，走吧。──

逸子伯母故意重重嘆口氣，起身時臉上卻帶著笑容。為了安全起見，他們先用泥土及水將營火滅了。火一消失，四周登時一片漆黑。遠處的帳篷不時傳來歡笑聲。乙太郎為小夜及奈緒鋪上睡覺用的毛毯。現在雖不是放煙火的季節，乙太郎還是買了些煙火。他打算若兜風回來沒有玩，就留下來等夏天時再玩。

我們坐上公務車，開啟夜晚的兜風之旅。逸子伯母開車比乙太郎穩重得多。每當遇到轉彎時，在車燈亮光中緩緩流動的樹木，看起來就好像一具具的白骨。以前我看乙太郎開車，總以為打檔桿必須使盡吃奶力氣才推得動，但逸子伯母打檔卻非常輕柔，彷彿完全沒有施力。

——這氣氛真棒。——

乙太郎跟我一起坐在後座。他打開窗戶抽菸，臉上帶著賊兮兮的笑容。原本快結束的冒險旅程忽然掀起另一波高潮，我也興奮到下腹部隱隱發疼。

——你爸爸不常帶你去兜風？——

——不常。——

其實是一次都沒有。

——真是的，生了男孩卻不懂珍惜。——

——老公，你別亂說話。——

逸子伯母咕噥道。乙太郎張開口笑了。

我坐在座位上隨著車子搖晃，聽著乙太郎天南地北地閒聊，例如野外的星星為何比都市裡亮、飛蟲為何會聚集在車燈處、山上的泉水為何那麼清澈。乙太郎還說，他的名字中的「乙」並不是「甲乙」的「乙」，而是「乙味」(註)的「乙」。車子沿著上坡路愈開愈高，路幅也愈來愈窄。最後地上只剩下輪胎印，路面已完全消失，於是逸子伯母倒車，找了塊較寬闊的空間讓車子掉頭，轉了多次方向盤才成功。

一想到得回帳篷睡覺，我便有些沮喪。但我雖然這麼想，眼皮卻已逐漸沉重。不知不覺，車子已開回露營區的停車場。我拖著睏倦的身軀，開門下了車。晚風迎面而來。

——風變大了。——

——希望帳篷別被吹走。——

繞過管理中心，眼前便是露營區。就在這時，我們看見紅色火光。一開始我們三人都以為那是有人在燒營火，並沒有加快腳步。但是隨著距離愈來愈近，忽然間，我聽見乙太郎猛吸一口氣的聲音。

我們的帳篷正在燃燒。

註：日文中「乙味」（乙な味）的意思是「獨樹一格的特色」。

乙太郎驚呼一聲，急忙往前衝。那一瞬間，他的側臉彷彿變了一個人。不，那簡直就像戴上猙獰的橡皮面具。逸子伯母也跟著往前跑，我則跟在兩人身後。來到帳篷附近，眼前盡是火焰。乙太郎嘶喊著兩個女兒的名字，衝進火中；逸子伯母發出嘔吐般的吼叫，也衝了進去。我愣愣地站在火光前，不知如何是好。帳篷本身並未著火，但側邊小窗及正前方的四方形出入口卻不斷竄出火苗。斷斷續續的劈啪聲不斷刺激我的鼓膜。

這場火災造成逸子伯母全身重度灼傷，於一星期後過世。

小夜失去了頭髮，左手部分皮膚及半張臉被燒得面目全非。

奈緒原本襯衫也著火，多虧乙太郎迅速幫她脫掉，只有肩膀輕微灼傷。乙太郎的背也燒得滿嚴重的，與逸子伯母、小夜一起住院治療，所幸沒有生命危險。

——突然冒出火花……姊姊急著想滅火，但是……——

奈緒描述當時的狀況。事後我才知道，起火的原因是營火沒有確實撲滅。根據消防隊的說明，營火的餘燼被風一吹又會開始燃燒。一旦灰燼帶著火苗飄到帳篷窗戶的尼龍網上，就有失火的危險。當時火焰落入帳篷內，先是往小夜及奈緒的毛毯延燒，接著又引燃袋子裡的煙火。

逸子伯母回到家中時，已成了放在白色骨灰罈裡的骨灰。至於小夜，則是手上、臉上包滿繃帶。

「以淚洗面」這種形容，是我長大以後才學到的。但當時乙太郎所過的日子，只能用這來表達。有時他並未流淚或發出哽咽聲，但我看得出來他的全身都在哭泣。他的聲音變得沙啞，神色有如槁木死灰，兩眼又濕又腫，看起來簡直像是化膿的傷口。他的四肢變得瘦骨如柴，幾乎不像還能動的樣子。他的整顆頭隱約可看出頭蓋骨的形狀，令人怵目驚心。那段時期，我對乙太郎說話總是很客氣，我不喜歡那樣的自己，但要改回原本的說話語氣，並不是件簡單的事。

逸子伯母的喪禮結束後，奈緒故意表現得比以前還要開朗，但我這輩子從未見過她露出比那陣子更悲傷的眼神。

小夜的繃帶一直無法取下。除此之外，她似乎跟以前沒什麼不同。當然，那只是年少不懂事的我產生的錯覺。

我對小夜的態度並未改變，但那並非是我刻意不去改變。雖然我知道那繃帶下的小夜已跟過去完全不同，但我不認為那會影響我們的關係。那時我還是個孩子。孩子的成長速度只能以危險來形容。數個月後，就在國小六年級的那個夏天，我開始對小夜產生一種未曾有過的情感。

那種情感叫憐憫。

我開始覺得小夜很可憐。每當我對她產生這樣的想法，內心深處便有一種從未體會過的酸甜滋味。漸漸地我甚至為了享受那滋味，刻意在心中醞釀對她的憐憫。憐憫會產生快感，那是因為不用負任何責任。然而當時的我並不懂這道理。我不斷對小夜寄予同情，想著她有多麼可憐，陶醉在鼻頭微酸的氣氛中。某些天氣晴朗的寧靜午後，我會閉上雙眼，為了她而向神祈禱。如今回想起來，那只是一種幼稚的自慰行為。然而沒多久，這樣的自慰行為已無法滿足我，我想追求更強烈的快感。如果可以的話，我甚至想跟小夜分享這種快感。

——我決定了。——

前往小夜房間那天，窗外傳來驚人的蟬鳴聲。小夜靜靜坐在椅子上，背對著蟬鳴，目不轉睛地看著突然來訪的我。我一想到小夜即將能嘗到與我相同的甜蜜快感，心情便激動不已。

接著，我依照設定好的劇本，演了那場戲。

——我以後要跟小夜結婚。——

小夜那被繃帶遮住半邊的臉上，看不出任何變化。這樣的反應完全出乎我的意料之外，我無計可施，只好把同樣的話又說一次。在我的劇本裡，並沒有另一句備用的台詞。

——小夜，我以後要跟妳結婚。——

我永遠忘不了小夜當時的表情。

她的雙眼變得黯淡無光，宛如兩片畫著眼睛圖案的貼紙。她整個人變得像一幅畫。一幅黑白畫，一幅不帶任何感情裝飾，只以單純線條構成的畫。這讓我聯想到曾在電視上看過的能樂（註）面具。那一瞬間，我感覺腹部深處升起一陣寒意。

小夜什麼話都沒說。

我帶著充滿空虛的心情回到家。我不知道小夜為何會露出那樣的表情，不明白她為何不肯跟我一同分享那快感。我帶著滿心的疑惑，就這麼過了三天。

小夜定期前往就診的醫院裡有座相當大的停車場，它的後方是片橡樹林。那天並不是小夜預約就診的日子，她一個人坐公車前往那醫院，在橡樹林裡以一條尼龍繩上吊自殺了。她所使用的墊腳物，是停車場內自動販賣機旁的塑膠垃圾桶。在她的屍體旁有塊石頭，和成年人拳頭差不多大，周圍散落著玻璃碎片跟白色粉末。小夜砸碎了她的雪景球。那小小的雪人狼狽地橫躺在玻璃碎片之間，半張臉上沾滿黑色的泥土。

註：「能樂」是一種日本傳統戲劇，搭配歌舞演出，表演者會戴上面具。

我沒有實際看見那畫面，這些都是我後來聽說的。乙太郎在向親戚描述時，臉上帶著淚水。我雖沒有親眼目睹，那畫面卻鮮明地浮現在我的腦海中。半邊臉髒污不堪的雪人橫倒地上，露出冷漠的笑容。玻璃碎片反射著暮夏的陽光，虛假的雪粉淒慘地散落一地。四周盡是蟬鳴聲，空氣中瀰漫著樹液的甘甜香氣。在那茂盛的枝葉深處，小夜的冰冷身軀正微微搖擺。

在她臨死前，最想做的事或許是殺了我。

(二)

「……友彥。」

白色天花板開始搖晃。

「……友彥?」

智子的臉出現在天花板中央。

電暖爐就在我身旁，我卻流了一身冷汗。那俯視著我的智子，讓我乍看之下以為是小夜，我一時瞪大雙眼，倒抽一口氣。

「你哭了……」

智子以冰冷的手指掬起流向我腦後的淚水，將那淚水握在手中。

「你又做了小時候的夢？」

我靜靜躺在沙發上，並沒有回答。她輕輕將雙手放在我的胸口。我幾乎感覺不到那手的重量，那是一雙相當細的手。房間裡只看得見白色牆壁，家具少得可憐。冬天的陽光透過蕾絲窗簾射入房中，讓智子的黑色秀髮發出淡淡光芒。

「不是。」

「別否認了。」

智子刻意話中帶刺。她接著將微張的薄唇朝我嘴上貼來，彷彿要讓我把那刺吞下去。冰冷的頭髮無聲無息地垂落，撫過我的臉頰。一陣若有似無的柑橘香氣籠罩四周，我自認對這香氣已非常熟悉，但有時卻又會突然感到陌生。

「你還是不願告訴我，你常做的那個惡夢？」

「智子，妳也沒說。」

我坐起，智子就跪坐在身旁，我摟住了她的脖子，她沒有抵抗，但當我將嘴唇貼上她的鎖骨時，卻被輕輕推開。

「剛睡醒，一定渴了吧？」

智子離開沙發，朝門邊的廚房走去。大約只有兩張榻榻米大的廚房裡，傳來餐具輕觸聲，以及瓦斯爐的點火聲。我搓揉著被冷汗濡濕的臉頰，緩緩嘆口氣。

這個月以來，我經常在智子的房裡與她獨處。近來漁港因正值寒鰤魚季而變得活絡，街上處處提前掛上聖誕節燈飾，五彩繽紛。

——我一直以為妳叫登子。——

智子聽我這麼說，狐疑地歪頭想了一下，旋即低頭微笑。

——聽起來很像吧。——(註)

隔著地板，我聽錯了綿貫所呼喚的名字。

我跟智子在這房裡已接吻好幾次。第一次是智子主動，第二次是我，之後多半是自然而然發生。忘了是哪次，智子察覺我在憋氣，竟笑了出來。我之前從未有接吻經驗，也不曾與朋友聊過男女交往的實際行為。這次出糗對我而言一點也不好笑，我只覺得制服領口一陣火熱，甚至擔心這樣的小失敗是否會造成智子離我而去，淚水幾乎要奪眶而出。

我每天醒著的時候，想的多半都是智子的事。每當我窩在房間的棉被裡，總會一邊想像著那我從未實際見過的雪白腹部、柔軟的酥胸及兩腿之間的深處，然後一邊自慰。她的一言一行，總是帶給我無盡的想像，讓我興奮不已。比起實際相處的時間，想她的時間要更多。我對智子的思念彷彿充盈全身上下，而我就像一具塑膠製的充氣人偶，全靠這股思念才能站立。乙太郎與奈緒跟我一起生活，竟什麼也沒問，實在不可思議。我起了這麼大的變化，難道他們沒發現嗎？為什麼他們不覺得奇怪？然而當我走到更衣間的鏡子前，鏡裡出現的還是那個稚氣未脫的十七歲少年，跟以往毫無不同。

「是不是想喝冷的？」

智子端著托盤走來，盤裡兩隻茶杯正冒著熱氣。我搖搖頭，拿起茶杯喝了一口。是來到智子這裡之後，我才第一次試著喝紅茶不加糖。

智子輕啜一口茶，旋即抽起菸。她以廉價打火機點火，俯視著火焰，緩緩將煙吐出。那煙輕輕滑過她身上的圓領毛衣後，又滑過上頭的滑嫩頸項。

「我喜歡這裡的冬天，一點也不冷。」

「才怪，冷死了。」

智子說她是青森人，從小住在十和田湖旁的一座小鎮，那兒天幕低垂、街道靜

註：日文中「登子」與「智子」的發音近似。

謐，每到下雪的夜晚，總是聽不見任何聲音，整個街道宛如封閉在冰冷的空氣中，只有紅綠燈無意義地變換著信號。她以陶醉的語氣向我描述那景色有多麼美。來到這塊土地，是因為雙親離婚。國中三年級時，母親帶著她來到這陌生的地方，但母親已在四年前因胰臟疾病而過世。

死於火災的綿貫，原本是智子念高中時的班導師。

她不肯說明為何會與從前的班導師變成那樣的關係，我也不敢逼問。我怕被她討厭。

火災那晚的事，她是這麼對我解釋的。

——那天晚上，我實在不想與綿貫待在同一個屋簷下。——

所以當他們的行為結束後，她偷偷離開屋子，推著腳踏車在深夜的暗巷裡不停徘徊。當她聽見急促的腳步聲時，還以為是綿貫追出來，但緊張地抬頭一看，卻看見身穿骯髒工作服的我倉皇奔過面前。兩天後，她從報紙上得知火災的消息。

所以她來到乙太郎家門口。

——是你放的火吧？——

我當然否認了。我告訴她，那火不是我放的。

——我想向你道謝。——

智子主動接近我，是因為我幫她殺了綿貫。當我發現這點之後，我的回答開始變得曖昧不明。我採取了狡猾的態度，口頭上雖然否定，但言行上卻表現出那火好像真是我放的一樣。後來我每天放學後會直接來這房間找她。這時的我對那樣的態度更已是習慣成自然。我漸漸搞不清楚什麼才是事實。不，不對。其實我只是期望搞不清楚而已。我希望讓事實永遠保持曖昧。這樣我就可以永遠待在智子身邊，什麼都不用多想，也不會被追問。我可以一次又一次聞到她的體香，撫摸她的秀髮，親吻她的雙唇。我不敢踏離這個狀態一步，只想永遠待在這個地方。

然而我的理性卻常常自心中的角落將我喚醒。

逼得我不得不正視那晚留下的疑問。

會不會其實是智子殺了綿貫？火會不會是她放的？她會不會認為她的犯行已經被我看穿了？火災那晚，我知道她曾待在綿貫家裡。起火後，我又目擊她獨自站在街角。正因為這個原因，所以她接近我，想要封住我的口？

然而每當心頭浮現這想法，我都刻意將其抹除。這件事多想無益，無論事實是什麼都好。智子殺了人也罷，沒殺也罷；放了火也罷，沒放也罷。我不在乎智子說「謝謝你殺了綿貫」這句話時，是當真的，還是有所圖謀。

我現在的行為就好像刻意攪拌沼澤底下的污泥，然後抱著頭沉浸在混濁的水中。

當污泥開始沉澱，我又再次攪拌它。我的每一天，就如此重複這毫無意義的動作。

「……要抽抽看嗎？」

智子翻轉香菸，遞給我。我毫不猶豫地點頭，因為菸嘴上沾著淡淡的口紅印。我故意以極緩慢的動作接過香菸。智子平常抽菸，總是以食指及中指夾住菸嘴，但我則將香菸捏在拇指與食指之間。我這麼做，是因為乙太郎也這麼做。我毫無根據地認為，乙太郎的抽菸方式才是男人該有的抽菸方式。

第一次將菸拿到嘴邊，我的手指有點發顫。我有些害怕，但不想讓智子察覺。我將微濕的菸嘴含在口中，將那有如刺棘一般的煙吸入喉嚨。我沒有像電視上所演的那樣劇烈咳嗽。煙跟房間內的空氣混在一起，進入我的肺部，我突然覺得白色的牆壁在一瞬間似乎變得明亮些。將煙吐出時，我感受到更刺鼻的味道。那與平常待在智子或乙太郎身邊所聞到的味道完全不同。那是一種非常生硬的感觸，幾乎令我懷疑那煙霧並非氣體。吐出煙之後，我感覺喉嚨疼得像是塞進了一隻拳頭。

「你抽過？」

或許因為我沒有咳嗽的關係，智子緩緩眨眼，歪著頭看我。第一次抽菸的興奮感讓我變得老實，我連虛張聲勢也忘了，坦率地搖頭否認。一縷白煙自指縫間的菸頭飄出，在電暖爐前逃散得無影無蹤。

「大概是天生適合抽菸吧。」

智子取走我手中的香菸，叼在嘴裡深深一吸，菸頭登時變得又紅又亮。我不禁心想，剛剛我抽的時候，菸頭也像這樣變亮嗎？

智子淡淡一笑，轉下身將臉朝我湊來。我以為她要吻我，但凝神一看，一縷煙霧自她的雙唇之間噴出。我微微張口，將那些煙吸進嘴裡。跟剛剛自己吸的時候比起來，這味道柔和得多，卻增添一股哀愁。接著我們的雙唇相觸，維持了大約兩秒鐘。

那一天，我又抽了三根菸。抽完第三根後沒多久，我的額頭及腋下開始冒汗，整個腦袋天旋地轉，甚至想要嘔吐。智子看我連坐都坐不穩，讓我枕著她的膝蓋躺下。噁心感瞬間消失。智子輕撫我的臉頰，笑著向我道歉。

（三）

我在晚餐前回到家中，正要進房間時，奈緒拿著一顆洋蔥走來。

「又去家庭餐廳？」

奈緒露出爽朗的笑容，我默默點頭。我告訴乙太郎及奈緒，為了準備考試，我放學後會去家庭餐廳念書。乙太郎並沒有規定門禁時間，事實上我根本不需要找藉口，但不知為何，我還是說了謊。

「我也差不多該好好思考未來的方向了，兩年一定很快就過了。」

「妳為什麼拿著洋蔥？」

奈緒站在陰暗的走廊上，臉上一瞬間閃過疑惑的表情，但旋即笑了出來，拿起洋蔥對我說：

「我要用它時，才發現爛了。你看。」

那洋蔥被切成一半，斷面內側三分之一呈現污濁的茶褐色。我想，她大概正要把洋蔥拿到庫房的垃圾桶去丟吧。為了避免廚房孳生蟑螂，她平常會將廚餘丟到在庫房的塑膠垃圾桶。

「不拿個塑膠袋什麼的包起來嗎？」

「不用了，反正明天就是收廚餘的日子。」

奈緒說完後，臉上又露出狐疑的表情。我正感到納悶。

就在我通過奈緒身旁，朝自己房間走去時，她突然在我背後問道：

「阿友……你抽菸了？」

我頓時停下腳步，但沒有回頭。

「隔壁桌的人抽的。」

「哦。」

奈緒低聲回應，語氣中似乎還帶著三分懷疑。在我聽來，那彷彿在責怪著智子，這讓我突然覺得奈緒是個心腸極壞的女人。

我走進房間，丟下書包，連燈也沒開，仰頭躺在榻榻米上。與智子共度的餘韻仍殘留在我的全身，但這股餘韻無法我讓我滿足，我凝視著天花板，感覺胸腹之間彷彿開了一個大洞。接著我轉動沉重的腦袋，朝身旁的矮桌望去。那矮桌是用父親提供的生活費買的，上頭擺了三本紅色封面的考古題集及一本英文文法問題集，還有一本同系列的生物問題集。這一個多月來，這些書我連一頁都沒翻過。自從一天到晚沉溺在智子房間後，我根本沒念過書。

我深愛著智子，但我不知道她是否同樣愛我。或許她只把我當成一個有體溫的玩具，把我耍著玩。也或許她只是怕我揭發她的罪狀，才勉強跟我維持這樣的關係。

「快開飯了。」

廚房傳來奈緒的呼喊聲。在客廳的乙太郎似乎在看音樂節目。

智子常向我聊起她小時候住在北方小鎮的回憶。她提到長長的冰柱，提到她母親為她織了室內長筒襪，提到她養的那條瘦狗，提到以火爐烤來吃的乾芋，提到大雪封村時窩在家裡看的電視新聞。我還是第一次聽見「大雪封村」這種說法。

但每當我問起她來到這塊土地後的事，她總是顧左右而言他，或是陷入沉默。我唯一知道的一件事，是她在某間手工藝品店打工，每次上班得搭三十分鐘的公車。但那間店到底在哪裡，她不肯告訴我。

我們總是依偎在沙發上，過著半夢半醒的時光。每當我在智子身旁睡著，總會夢到小夜而驚醒。智子也常做惡夢，有時甚至會發出尖叫，忽然坐起身子。我問她做了什麼夢，她總是不說。——就像我沒辦法說出小夜的事一樣，她心中或許也有一些不為人知的祕密。那祕密跟綿貫有關嗎？又或者是完全不相關的另一件事？

「阿友，吃飯了！」

我不知道該怎麼做才好。我不知道男女的交往過程中，怎樣的發展才是正常的。不，其實對男女之間如何拉近距離，我多少有些模糊概念。但每當我待在智子的房間裡，我總是感到迷惘。我們早已相吻無數次，熟悉對方的舌頭氣味，但卻未曾真正合而為一。這是正常的嗎？智子沒有感受到我下體這股濕熱的慾火嗎？這就是男女的差別嗎？又或者智子心中另有盤算？她在盤算些什麼？

「你睡著了？」

「醒著。」

我站起來。奈緒似乎沒聽見我的回應，自走廊外探頭進來。

「你在幹什麼？」

「沒幹什麼。」

我隨口回答。奈緒的雙眼似乎閃過一絲悲傷的神色。

（四）

我跟智子的關係依然持續。

考試的事早被我拋諸腦後。我聲稱每天去家庭餐廳念書，其實是待在智子的房間裡。這讓我的罪惡感不斷累積，和當初屢次鑽進地板下一樣，也像當初染上那惡習一樣，我無法克制自己不這麼做。

「白雪真是不可思議，你不認為嗎？」

當智子說出這句話時，她的眼神總像是在眺望遠方的景色。她的臉上雖帶著微笑，但那微笑的背後卻透著一股冷澈、透明的情緒。在她的視線前是一個雪景球，那雪景球約直徑五公分大，被我捧在掌心。

「任何人看見雪，都會有特別的感觸。有人會懷舊，有人會惆悵，有人會興奮……除了雪之外，還有其他東西能如此觸發人的情緒嗎？」

在智子的凝視下，我感覺手中那小巧的雪景球彷彿逐漸變冰涼。這股寒意隨著手腕傳向我的肩膀及胸口，最後擴散全身。我產生一種錯覺，彷彿自己即將被吸入那玻璃裡的雪景。

「……你不喜歡？」

智子見我沒有答話，突然抬頭問我。我下意識地搖頭，努力擠出聲音。

「我只是看得太陶醉。」

「這其實是音樂盒。」

智子接過我手中的雪景球，將它上下翻轉。細雪在球體內漫天飛舞。她將底座內的小發條轉了幾轉，接著輕輕將雪景球放在桌上。叮叮咚咚的清脆聲響，緩緩奏起〈聖誕歡樂〉（註）的旋律。白色雪花的飄落速度跟音樂旋律一樣緩慢，輕輕撫過高掛金色星星的聖誕樹、西式洋房的屋頂及雪人頭上的紳士帽。房間的空氣中，還殘留著我們剛剛所吃的聖誕蛋糕的甜香。

那一天，我們走了二十分鐘的路程，在商店街買了蛋糕。

——不知有多少年沒在聖誕節吃蛋糕了。——

智子將蛋糕盒放在矮桌上，走到廚房去煮開水。

——幸好妳感冒痊癒了。——

智子正將水壺拿到火爐上，聽我這麼說時，只是輕輕點頭回應。前幾天智子因為感冒，在家裡睡了好幾天，那段期間，她不讓我進房間。我每隔一天探望她一次，但她總是站在門口跟我簡短交談幾句後，便匆匆關門。我以打工的收入買了哈密瓜、冰淇淋來給她，她雖然收了，但看起來並不特別開心。我猜她生病時不喜歡有人探病，也不敢多打擾她，只好到街上閒晃打發時間，此時處處皆已裝飾著聖誕節的燈飾了。

這天我們並肩坐在地毯上，吃完蛋糕後，一如往常地依偎在沙發上打盹。智子每翻一次身，我就會聞到她的粉頸香氣，彷彿要將我從睡夢中搖醒，也彷彿要將我拉進更深的夢境之中。冬天的白晝很短，就在太陽逐漸西落之際，智子突然站起來，從櫥

註：〈聖誕歡樂〉是聖誕節常聽見的基督教讚歌，原曲名為「Deck the Hall with Boughs of Holly」。

櫃抽屜中取出一個小盒子。盒子外層包著紅色包裝紙，並綁上鮮綠色的絲帶。我將它打開，裡頭放的便是那雪景球。

「我從小就很喜歡雪景球，媽媽帶我搬來這裡後，我立刻用存下來的零用錢買了一個。」

智子凝神傾聽著〈聖誕歡樂〉的輕柔旋律。

「就算是夏天，也能一邊聽著蟬鳴一邊看雪，你不覺得很棒嗎？」

「但這不是真的雪。」

我不禁澆了盆冷水。

雪景球、小夜上吊的醫院、摔得粉碎的雪景、散落一地的乾雪、半邊臉沾上黑色塵土的雪人、陣陣蟬鳴聲、隨風輕輕晃動的小夜。——我凝視著智子所送的雪景球，眼中看見的卻是這些記憶中的景象。我知道這些景象我不該看，也不想看，但我沒辦法移開雙眼。我咬緊牙根，努力將景象從腦中抹去。我試著讓自己看見眼前的新雪景球。玻璃內，雪人在漫天飛舞的雪粉中靜靜看著我。在那圓滾滾的烏黑眼睛深處，彷彿有另一對眼睛正在盯著我瞧。

——我以後要跟小夜結婚。——

那是小夜的眼神。當我以最殘酷的刀刃傷害小夜時，她就是用這眼神默默看我。

那是一種毫無暖意的冰冷眼神。

智子原本將頭輕輕靠在我的肩上，此時她搖搖頭。

「不是真的才好。不會融化，不會弄髒，永遠保持美麗的狀態……隨時都能拿出來欣賞。」

我事後曾仔細咀嚼智子這句話的意思。或許對她而言，雪景球中的畫面就跟回憶一樣，不會弄髒，也不會融化、消失。有如模擬庭園的迷你模型，將最美的部分切下來永久保存。那對她而言，是最幸福的回憶。

「如果能進入這景色之中，不知有多幸福。」

就在清脆的旋律逐漸拉長，最後完全停止的時候，智子突然說了這句話。她以修長的指尖輕撫著雪景球的玻璃表面。

「為什麼？」

「這麼一來，看到的永遠都是美麗的景色。」

回想起來，小夜與智子對雪景球的感觸完全不同。對小夜而言，雪景球象徵著封閉自我的透明玻璃；對智子而言，雪景球卻象徵著將美麗景象永遠保存下來的期許。

不，或許這兩種想法在本質上是相同的。對她們而言，雪景球的玻璃都是分隔世界的高牆，唯一不同的只是認為自己是在牆內還是牆外。智子在牆外以懷念、憧憬的心情看著玻璃中的雪景，小夜卻是在牆內渴求著牆外的世界。終於在那年夏末，小夜敲破雪景球的玻璃，自己也離開人世。

（五）

「……你長毛了嗎？」

「你好幾年沒問了。」

新年期間，學校跟橋塚驅蟲公司皆放假。元旦的下午，我、奈緒和乙太郎相繼泡過今年第一次澡後，圍著暖桌而坐。

一如往年，我們在一大早帶著花束出門掃墓。我們將墓碑擦拭乾淨，對著長眠於底下的逸子伯母及小夜雙手合十祭拜。離開墓園在走回箱型車的路上，我和奈緒跟在乙太郎身後，盡量不去看乙太郎的臉，這已成了慣例。每每走在前方的乙太郎，他原本矮小的背影此時看來更加瘦弱。伴隨著腳下的碎石聲，偶爾還會聽見乙太郎發出細微的哽咽聲，而他總會立刻再發出咳嗽來掩飾。

昨天是除夕，我在智子家待到過十二點。窗戶開著，我倆互相依偎，聆聽著除夕鐘聲。在結束一個深深的長吻後，我才離開智子家。智子送我回去的途中，她的秀髮在月光照耀下美得不可方物，我轉頭看她，突然有股想哭的衝動。那吸收了月光的髮絲看起來卻相當冰冷，我以手指輕撫，手指的暖意似乎也被吸走。當我的指尖碰觸到她的肌膚時，她輕哼一聲，如凍結般的半月掛在低空中。除夕夜就算徹夜不歸，只要打一通電話，大概不會有什麼問題。乙太郎不曾對我設下什麼嚴格的規矩。但我一想到元旦一早要去掃墓，便覺得非回家不可。

「長毛了嗎？阿友，以前你洗完澡，我常這麼問你，對吧？」

「爸爸，別說這種低級的話。」

「但你後來都不再回答我了。是不是從那時起，你真的開始長毛了？」

「我不記得了。」

掃完墓回到家後，我們三人總是會先洗個澡。沒有什麼特別的理由。當然我們並非一起進浴室。乙太郎先洗，接著是我，最後是奈緒。接著我們會圍著暖桌吃附近超市買來的年節料理，不過自去年開始，這年節料理變成由奈緒親手做。去年，乙太郎第一次吃了奈緒做的年節料理，認真地大讚奈緒的燉菜及蜜栗子已有逸子伯母的水準。

「回想起來，我從來沒跟阿友一起洗過澡呢。」
「是啊。」
「下次一起洗吧。」
「不要，好擠。」
「其實你是覺得不好意思吧？一定是因為長毛了。」
「沒那回事。」
「難道沒長？」
「長了啦。」
「兩個笨蛋。」

奈緒皺眉苦笑，拿起柴魚片袋，取下封口的曬衣夾，灑在魚卵上，接著拿起乙太郎倒給她的啤酒喝了一口。

乙太郎沒跟我一起洗過澡，其實是有原因的。他不想讓我看見他背上的燒傷。事實上，我從前曾看過一次，那天早上是逸子伯母的頭七，母親做了一些飯糰，叫我送去乙太郎家。我按了電鈴，門內傳來乙太郎的回應聲，卻遲遲沒開門。我捧著裝了飯糰的塑膠盒走進庭院，往屋子的簷廊窺探，只見乙太郎背對著我盤腿坐在簷廊上，上半身沒穿衣服，奈緒正在幫他塗藥。當時乙太郎回頭看了我一眼，以他的憔悴容顏朝我微微點頭。我被那駭人的畫面嚇著了，愣愣地站著不動。奈緒取了衛生紙將手擦拭乾淨，走出庭院。我將飯糰交到她手上，二話不說地匆忙離去，走到街道上，正要進自己家的家門時，我回頭望向乙太郎家的二樓窗戶。那是奈緒與小夜一起睡的兒童房，此時窗戶是關上的。我看著那窗戶，心想小夜那繃帶下的臉是否跟剛剛看到的模樣相同。如今回想起來，我對小夜的「憐憫」或許就是在那時萌生的。我沒有摒棄那可怕的憐憫，反而刻意在心中加以拉拔、培育。就在短短的半年之後，我將這扭曲的憐憫展現在小夜面前，奪走她的生命。

「對了，賀年卡。」

奈緒放下筷子，站起來。此時我看見她的雪白手腕上綁著一條當時流行的許願繩。那是一種由細繩編成的手環，據說只要繩子斷裂，願望就會實現。我記得掃墓時她已經綁在手上了，但不知道她是何時買的。那許願繩的顏色是最常見的紅白相間。

我聽見門口傳來開門、關門的聲音，沒多久奈緒走回來，交給我跟乙太郎各一疊賀年卡，全都用橡皮筋分別綑好了。或許是外頭太冷的關係，她先將雙手掌夾在穿著牛仔褲的雙腿取暖，然後才翻開她自己那一疊。

「啊，阿裕竟然會寄賀年卡給我，真稀奇。」

奈緒自言自語地念了幾個我從沒聽過的名字。由於都是暱稱，聽不出是男是女。

「……幹什麼？」

不知為何，奈緒突然抬頭瞟了乙太郎一眼，乙太郎慌忙搖頭。奈緒繼續看起賀年卡，乙太郎忽在暖桌底下朝我的膝蓋輕踢一腳。此時我才明白，他剛剛大概是想踢我，卻踢到奈緒的腳了。

乙太郎向我使個眼色，望向奈緒手上的賀年卡。他大概是暗示我去確認奈緒的賀年卡裡有沒有男人寄來的。我迫於無奈，只好假裝以手托腮，悄悄將臉湊向奈緒手上的賀年卡。這年是雞年，大半賀年卡上都畫了雞的圖案。寫在空白部分上的祝賀詞，幾乎都是圓滾滾的可愛筆跡，顯然是出於女性之手。看不出寄信者性別的賀年卡並不多，其中明顯是男人筆跡的賀年卡只有兩張。我等奈緒看完所有賀年卡，將手掌放在暖桌的暗角，朝乙太郎伸出兩根手指。

「……哪一邊？男的？」

我自認掩飾得很好，但乙太郎這驚慌一問，讓我的苦心全白費了。

「怎麼，爸爸想看我的？」

奈緒看看乙太郎，又看看我，露出厭惡的表情。

「沒有。」

「沒有才怪。既然想看，老實說不就好了？」

奈緒將一整疊賀年卡拿到暖桌上湊攏，遞至乙太郎面前。

「妳拿給我做什麼？別人的賀年卡，我可沒興趣。」

「你不是想看？」

「誰想看了，妳在發什麼神經啊？」

奈緒還是將賀年卡擺到乙太郎位置前，乙太郎故意瞧也不瞧，將賀年卡推到桌角去，再拿手邊的超市廣告單蓋住。到了這地步，乙太郎無論如何也不會看了。奈緒也明白，沒再多說什麼。

「爸爸，玩不玩將棋骨牌？」

奈緒的語氣就像是安撫任性孩子的母親。

「等會再看看吧。」

「噢。」

將棋骨牌是我們從小到大過年時必玩的一種遊戲。乙太郎會拿出將棋，讓我們一顆顆排列在暖桌上，再一鼓作氣推倒。有時排成生肖圖，有時排成幽浮或雪花狀。回想某一次我來乙太郎家玩時，向小夜借了撲克牌，想要蓋座城堡。那時我才小學低年級，怎麼排都不成功，頂多只能讓兩張撲克牌靠著站立，於是我乾脆在暖桌上連排了好幾組。沒想到其中一組倒了，竟然一組連著一組，最後所有撲克牌都被撞翻。我覺得有趣，又試了好幾次，乙太郎見狀，拿來了將棋，跟我說「用這個能排更多」。

從那年開始，我們每年都玩相同的遊戲。但我今年實在是對這枯燥無聊的遊戲毫無興趣，一邊翻著手上寥寥可數的賀年卡，一邊慶幸乙太郎沒有贊成奈緒的提議。

第四張賀年卡是母親寄來的。

「靖江太太今年還是一個人過年？」

「大概吧。」

我將母親寄來的賀年卡遞給乙太郎。上頭扣除新年問候語，總共只有三句話。「明年要考試了吧」、「祝你金榜題名」、「注意身體健康」。母親或許是忘記賀年卡是在一月寄達，原本應該寫「今年」才對，她卻寫成「明年」。

「你過年怎麼不去你媽媽那裡玩？」

「她沒邀我去。」

「她怎麼不邀？」

「誰知道，或許是自責吧。」

我跟親生母親偶爾會相約在咖啡廳或家庭餐廳見面；至於親生父親，更是除非發生大事，否則從不聯絡。跟我一起生活的，是沒有血緣關係的乙太郎與奈緒。仔細想想，我這樣的生活實在不尋常。但是所謂的家庭，或許本來就沒有規則可循。若有人問我雙親是誰，我會說出父親跟母親的名字，但若有人問我家人是誰，我會毫不猶豫地回答乙太郎跟奈緒。我並不為此感到驕傲或自卑，這對我而言已是理所當然的事。

但我不敢肯定這理所當然的事，在未來是否依然理所當然。

乙太郎看完母親寄來的賀年卡，我拿回來又看一次。「明年要考試了吧？祝你金榜題名。」我看到這裡，想起自己報考的都是東京的大學。一旦上榜，我就會離開這個家，到東京租房子住。這是我從以前便決定好的事。離開這個家之後，乙太郎跟奈緒還會是我的家人嗎？就算他們的心情沒有改變，我的心情是否也不會變呢？

想到這裡，我才驚覺一個嚴重的問題。

一旦到東京念大學，還能跟智子繼續在一起嗎？過去我從未想到這問題，實在不可思議。今天是一月一日，我報考的大學都是在二月初考試，只要考上任何一間，我就必須在兩個月之內搬到東京去。當然，這並不表示我跟智子將永遠無法見面。只要搭特快車轉普通車，從東京回到這裡只需兩個多小時，週末往返兩地並不是問題。然而車資並不便宜，光靠打工不見得應付得來，或許還得找個藉口向父親伸手要錢。說到這裡，我對兩件事耿耿於懷。一是我明明憎恨著父親，遇上麻煩的時候卻又想依賴他，這讓我覺得自己實在是個齷齪的人。二是我擔心如果只有週末才見面，智子是否還會像現在這樣對我。

原本早已岌岌可危的心靈依託，被浮上心頭的殘酷現實瞬間摧毀，我感覺腳下彷彿開了大洞，形成一片漆黑的萬丈深淵。但我沒有落入洞中，沒有徹底絕望。我勉強攀住上頭垂下的一絲細繩，那細繩的前端，是「放棄到東京念大學」這膚淺的逃避想法。

「說到考試……阿友，你沒問題吧？」

奈緒以輕握的拳頭托著下巴，問我。

「考生不是連新年都沒得休息嗎？」

「別擔心、別擔心。」

我沒有答話，反倒是乙太郎幫我回答了。

乙太郎喜孜孜地說，奈緒早已將我每天在家庭餐廳念書之事告訴他了。

「阿友，我這家不是念書的好環境，實在對你很抱歉。但你真了不起，還是能自己想辦法念書。我相信你一定會考上的，過年輕鬆一下，沒什麼大不了。」

我一絲笑容也擠不出來，只能做了一個連我自己都分不清是點頭還是搖頭的動作，匆匆將頭別向一邊。

振袖和服（註一）、神社的破風板（註二）、從群眾口中吐出的白霧、跟臉一樣大的毽子拍、握著麥克風的播報員、摩肩擦踵的人群……各式各樣的新年畫面出現在老舊的映像管電視上。乙太郎以手枕著頭，看了一會兒後，竟開始發出鼾聲。

「爸爸，在這裡睡會感冒的。」

「別緊張，我沒睡。」

乙太郎閉著眼睛回答。他這句話只有中間咬字清楚，開頭跟結尾都含糊不清。接著他巧妙地以背部及臀部的力量，將胸部以下的身體塞進暖桌下，看來是真的打算睡上一覺了。奈緒默默地看著乙太郎一會兒，突然像回過神來，又低聲喊了一次「爸爸」，但乙太郎沒有答話。

奈緒凝視著乙太郎的睡臉，半晌後說：

「……喝一杯吧。」

她以下巴朝暖桌上的日本酒酒瓶示意，那是乙太郎剛剛喝了一半的酒。我狐疑地看著她，只見她一手拿起酒瓶，另一手朝我伸來。

註一：振袖和服是女性和服種類之一，象徵未成年或未婚，如今多被當作正式場合的禮服，特色是袖子特別長。

註二：破風板是日式建築屋頂側面的三角形板塊，具有遮蔽風雨及裝飾功用。

「幹什麼？」

「你的杯子。」

乙太郎偶爾會倒酒給我們喝，今天我們兩人也各喝了一杯啤酒，但我們從不曾自己擅自倒酒。

「這麼做好嗎？」

「反正是過年，有什麼關係。」

奈緒拿起我的酒杯，將杯底剩下的少許啤酒一口喝乾，倒進日本酒。一升裝的酒瓶跟她的纖細手腕相比顯得特別巨大。她倒得太猛，瓶口微微偏離了杯子，漏了幾滴酒在桌上，倒完後，將杯子放回我眼前，接著以雙手抓住瓶身，往她自己的杯內倒酒。

我們倆都面對著電視，幾乎沒有開口說話，只是默默喝著酒。電視上的搞笑二人組默契絕佳地說出當時流行的搞笑台詞，但我跟她都沒笑。電視節目裡氣氛熱鬧歡愉，笑聲頻傳，但客廳裡卻一片安靜，只聽得見乙太郎不時發出的鼾聲。

不知不覺，我的思緒再度回到智子身上。我想著她的髮香，想著咬住蛋糕上草莓的雪白牙齒，想著那雙朝著我胸膛推來的纖手。還有想著一個月後的考試，及那之後的事。

「……你在想什麼？」

奈緒突然看著我問道。

「考試的事。」

我給了個半真半假的回答，奈緒不置可否，又將視線轉回電視上。

乙太郎的鼾聲不曾停止。暖桌底下，乙太郎的腳勾到了我盤起的雙腿，可是我一動也不敢動，怕會吵醒他。我不希望乙太郎醒來，並非害怕他發現我們偷喝酒，也並非想跟奈緒獨處。事實上，我希望奈緒也消失，我好一個人沉浸在智子的世界中。

「阿友，能耽誤你一點時間嗎？」

奈緒突然放下杯子說道。那聲音讓乙太郎的身體微微一震，但沒有醒來。奈緒不像剛剛那樣只有轉頭，這次她扭過整個上半身，與我正面相對，接著將視線從我身上移開，緩緩離開暖桌。我這才發現，剛剛碰觸到的其實是奈緒的腳。

「什麼事？」

「跟我來。」

奈緒沒有回頭，走出客廳。我聽見她穿著襪子的腳步聲在走廊上逐漸遠去，接著以同樣的速度登上樓梯。然後我聽見拉開拉門的聲音，二樓共有兩間房間，一間是奈緒的寢室，另一間六張榻榻米大的房間，原本是乙太郎與逸子伯母的寢室，但現在成了雜物間。

我跟著走上樓梯，酒精讓我感覺眼前所有一切都像假的，奈緒坐在床緣等我。這房間原本是她跟小夜一起睡的兒童房。我不禁咬緊牙根，站在走廊上不敢進去。距離上次進入這房間，已經幾年了？自從搬入這個家之後，我一次也沒進去過。我害怕想起過去的錯誤，只想趕快把一切忘記，因此從不曾踏上二樓。回想最後一次進這房間，或許正是六年前我以無聲尖刀傷害小夜的那一次。

「進來，把門關上。」

奈緒命令似地只動著雙唇說。

我從走廊往內看，房裡的擺設已跟回憶完全不同，這讓我鬆了一口氣。兩張小孩用的書桌都消失了，取而代之的是一組簡單的鐵製桌椅。雙層床也不見了，此時奈緒坐在一張大人用的單人床上。窗簾橫桿上掛著高中制服，空氣中帶著奈緒的頭髮香氣。

「你發什麼愣？」

奈緒不悅地催促，我只好踏進房間。就在這時，我的視野左側有個熟悉的東西出現在角落，是一座黃色置物櫃，當年小夜的雪景球正是放在那置物櫃上。我面對奈緒，坐在地板上，盡量不讓那置物櫃進入自己的視線範圍。

「阿友……真的不要緊嗎？」

奈緒說出她早已想好的話，我沉默以對，她又以相同口吻說：

「其實你根本沒在準備考試吧？」

我摸不透奈緒到底想說什麼。

當年小夜的雙眸總是像蓋了一層薄膜般朦朧，但奈緒的雙眸卻是黑白分明，就跟她的個性一樣。當她笑的時候，她的眼睛會讓她的笑聲顯得更快樂；當她生氣的時候，她的眼睛會讓她的怒火更具有魄力。這也意味著從以前到現在，我只要看奈緒的眼睛，就能大致猜出她的心情與想說的話。——但是現在的奈緒，我完全摸不透她在想什麼。並非她的雙眸已失去感情，而是那對凝視著我的瞳孔深處隱含著太多我無法理解的情緒。

「……為何這麼說？」

我回答得極簡短，隱隱感到不安。

「你根本沒去家庭餐廳念書吧？」

當我聽到這句話的瞬間，我感受到的不是驚愕，而是些許的憤怒。我甚至來不及思索她為何知道我沒去家庭餐廳念書，而直接對她產生一股反感。——她讓我想到會拆散我與智子的大學入學考。我盤腿坐在地上，面不改色地望著她。我心中殘留的冷靜告訴我，此時絕不能胡亂回話，為了不讓她察覺我跟智子見面的事，得先看她怎麼出招再做打算。

然而我這個盤算事實上沒有任何意義。

因為她早已知情。

「我想你還是別再跟那個人見面比較好。」

她的口氣並不強硬，音調也不高，但對故作鎮定的我而言有如沉重一擊。

「這時期對你來說很重要，不是嗎？」

我半個字也說不出口，只想著為何奈緒會知道這件事。

「我看你最近怪怪的，所以跟蹤過你。」

「……什麼時候？」

我終於擠出聲音。

「十一月底左右，後來又跟了幾次。」

奈緒說完後，一瞬間露出泫然欲泣的神情，但她立刻閉上眼睛，掩蓋了這表情。當她再度睜開眼，眼神已帶著一如往常的堅強。

十一月底時，我每天放學後總是想也不想便走向智子的公寓。當時我們已經接過吻了。我在寒冷的巷道裡快步前進時，滿腦子想的都是智子的嘴唇觸感。那個樣子竟然被奈緒看見了。

但我一點也不覺得害羞，剛剛燃起的怒火持續在體內悶燒，隨著迷惑與錯愕逐漸消失，對奈緒的怒火也愈燒愈熾熱。

「她就是爸爸上次說的那個人吧？驅蟻之後發生火災的那屋子裡的人。」

奈緒的語氣相當平淡，我沒有回答。

「你要回家時，她送你到門口，我一看她的臉，馬上就認出來了，她跟姊姊很像。」

莫非從我進入智子的家直到離開，奈緒一直在旁監視嗎？

「阿友……我勸你別再見她了。」

奈緒的語氣變成懇求，似乎已不再期待與我對話。她從床上站起，走到我身邊，跪在地毯上又說了一次。

「你們最好別再見面了。」

我默默站起身，就在我轉身要走出房間時，再度瞥見屋角那黃色置物櫃。那兒童用置物櫃的模樣竟跟當年一模一樣，我不禁吃了一驚。不只仍放在同一個角落，就連裡面放的東西也一樣。我跟小夜一起撿的貝殼、一整杯的玻璃珠、以及那顆雪景球。六年前那個夏末，雪景球早在那醫院後頭摔成慘不忍睹的碎片，為何如今又出現在這裡？

「那不是姊姊的。」

原來如此，那不是小夜的雪景球，是奈緒的。小時候，逸子伯母為她們各買了一個相同的雪景球。這一時間的錯認，更讓我惱羞成怒。我轉過頭，將那置物櫃排除在視野之外。

就在我走出房間時，奈緒不厭其煩地又說了一次。

「阿友，你別再跟她見面了。」

我穿過短短的走廊，走下冰冷的樓梯。此時我感覺自己的身體彷彿正以胸口為中心逐漸向外腐爛。我面無表情，體內卻已像奈緒之前丟棄的那顆洋蔥般，變成混濁的茶褐色了。

（六）

一月三日，我前往智子的公寓。

這天學校還沒開學，我上午便出門。一路上我頻頻往後看，就連地上隨風飄動的塑膠袋及落葉也不時牽引我的目光。我擔心奈緒又跟蹤我，但新年期間的街道上冷冷清清，半個人影也沒有。

一旦考上大學，我就必須搬到東京去，加上奈緒那晚的驚人之語，讓我的心情有如沉入陰暗的谷底。然而隨著逐漸接近智子的公寓，對智子的思念迅速占據我的心。這心情的變化大得令我咋舌，彷彿連眼前的景色也變得完全不同。我想起小時候，有次乙太郎在修理電風扇，我在旁邊看著。我拿起那半透明的葉片，放在眼前環顧四周，一切景色都變成明亮的藍色，原本熟悉的房間瞬間化成充滿神祕魅力的地方。這天我走在街頭的心情，就跟當年有幾分相似。這是過年後第一次與智子相見，她應該也會開心吧。我直視道路的前方，加快步伐。

因太期待與智子見面，當我被她擋在門外時，腦中頓時一片空白。

「我正要外出。」

智子靜靜地關上門。

「以後你別再來了。」

「為什麼——」

「我改變心意了，以後不想再見到你。」

我聽見上鎖的細微金屬聲，以及一句無法分辨的細語呢喃。接著我感覺智子已走離門邊，朝房內深處而去。我站在公寓門外走廊，完全不知如何是好。

我又按了兩次電鈴，但門內悄然無聲。

一開始我懷疑是奈緒來找過智子了，或許是她要求智子與我斷絕關係。

但我旋即否定了這個懷疑。昨天奈緒一整天都沒出門，不可能來找智子。昨天她默默低頭做家事，連看都沒看我一眼，就這麼度過一天。至於前天，也就是奈緒在她房裡對我說出驚人忠告的那天，她除了白天隨我們去掃墓外，不曾踏出家門一步。在那之前，我想奈緒不可能來找智子，因為除夕那天，我與智子一直相處到深夜。

到底發生了什麼事？為什麼智子叫我別再來了？是什麼讓她改變心意？

我最後一次按下電鈴。

門內依然毫無聲響。

新年假期結束，進入高中生活的最後一學期。大雪從昨晚便下個不停，我撐著傘走在放學回家的路上，好幾次差點摔跤。周圍景色一片雪白，連吐出來的氣息也是白的。來到濱海道路上，碼頭外的寬廣大海卻是一片陰暗。在這大雪紛飛的世界中，大海彷彿正背對著天空蜷曲身子，寒風吹得外套衣領獵獵作響，堅硬的雪塊不斷撞上我的臉頰。

我愣愣俯視大雪中的碼頭，想著智子的事。雪水滲進學生鞋中，腳趾已冷得沒有知覺。雪粉沾在睫毛上，每次眨眼睛，連眼睛都感到寒意。

我好想見智子一面。

我好想跟她說話。

離開碼頭邊後，我再度朝智子的公寓前進。來到走廊上，以凍僵的手指按下門鈴。門內毫無反應。我抬頭望向門旁的電表，數字變化極為緩慢，顯然屋裡沒人。

我決定在寒風呼嘯的走廊上等智子回來。

我倚靠著門，面對巷道，將雙手插進外套口袋中。這裡有屋簷，大雪不至於直接落在身上，但不時還是有細微的雪粉朝學生制服的褲管飄來。風一吹，暴露在外的脖子及臉頰便冷得發疼，簡直像被利刃劃過般。滲進學生鞋裡的水似乎變得更加冰冷了。其實我知道這房間的備用鑰匙藏在哪裡。打開門旁的小鐵蓋，裡面有自來水跟瓦斯的計量表，鑰匙就藏在其中一個的底部，以膠布貼著。那是智子為了怕鑰匙弄丟而事先藏下的備用鑰匙，她曾偷偷將這祕密告訴我。之前有一次，我放學回家來到這裡，智子剛好不在家，我猶豫很久，不知該不該拿備用鑰匙開門進去。但我後來沒這麼做，因為怕她事後生氣。不久後，智子提著超市的小購物袋出現了，她笑著問我怎麼不進去等她。

然而今天我不拿那鑰匙開門的理由，跟上次完全不同。我刻意不進房間，是想讓智子看見我這從頭冰冷到腳，宛如屍體一般的悲慘模樣。我的肉體忍受著刺骨的寒意，皮膚承受著刀割般的寒風，內心卻反而有種殘酷的快感。我想讓智子知道，她讓我在這裡枯等的罪有多沉重。

我不為什麼地伸手抓起積在欄杆上的雪。又凍又疼的感覺自手掌傳向手腕。

我握著那團扭曲的雪球，想起智子曾說過關於她小時候的事。

在智子念小學時，她父親愈來愈少回家，智子看著削瘦的母親憂心忡忡地數著錢包裡的鈔票，心裡總是祈禱父親趕快回家。並非因為父親會帶錢回家，而是因為母親只要看見父親，就會露出笑容。

——媽媽被爸爸害得那麼苦，笑起來卻像個深情的少女。——

女人真是奇妙的動物。智子說完後微微地笑了，那笑容就像個深情的少女。

一到冬天，家裡跟街上都會一片寧靜，這季節不但蕭瑟寂寥，而且還因為開暖氣得要多繳一大筆電費。所以苦等父親歸來的母親，每到冬天神色就會更加哀戚。智子總是窩在客廳的暖桌裡，盡可能說些有趣的話逗母親開心。當母親不在客廳時，智子就會偷偷關掉暖桌的電源，節省電費。除此之外，智子想不出任何能為母親分憂的辦法。每次吃飯，母親總是將大部分的菜分給智子。經濟拮据之下，菜色本就少得可憐，母親的餐盤裡總是空白的部分比菜還多。

某個冬日，智子的母親煮了烏龍麵當晚餐。智子發現那天母親並沒吃午餐，因為傍晚放學時，早餐的餐盤都還放在廚房流理台的濾水架上，而且母親的氣色看起來相當差。智子佯稱中午營養午餐吃太飽，所以沒有食慾，將一半烏龍麵分給母親。母親臉上雖帶著詫異之色，還是從智子的盤中取走一半的烏龍麵。那一晚智子餓得睡不著。廚房雖有些立即能吃的食物，但母親早上醒來若發現食物減少，就會發現智子昨晚說了謊。智子不怕被罵，只怕母親傷心。於是她走進陰暗的客廳裡。智子的父親非常重視祭祖禮儀，回家時若發現佛壇上沒有供品，往往會對母親大發脾氣。所以家中佛壇總是供奉著一顆飯糰。那晚智子拿起佛壇上的飯糰。

——那飯糰冰得像雪塊一樣。——

智子捏下那雪塊的三分之一，將剩下的三分之二重新揉成漂亮的三角形，放回佛壇上。乍看之下，那飯糰彷彿原本就那麼大。智子將手中的飯糰碎塊放進嘴裡。那飯糰好冷、好冷，整個肚子宛如要被凍結般。

到了三更半夜時，智子突然感到腹痛。一直到隔天早上，腹痛還是沒好，智子只好向學校請假。到了下午，智子才恢復精神，坐在暖桌裡吃了母親煮的稀飯。一等母親離開客廳走到外頭去洗衣服，智子又偷偷關掉暖桌的電源。智子在冰冷的暖桌裡搓動雙腳，不知不覺感到眼皮愈來愈沉重。當她醒來時，母親竟然坐在一旁，眼神中充滿責備之色。

——媽媽其實看見我在夜裡偷吃飯糰了。——

但母親沒有說出口。直到發現智子偷偷關掉暖桌電源，母親才終於壓抑不住，狠狠罵了智子一頓。智子說，當時母親眼中含淚，面目猙獰地瞪著她，那是她記憶中母親最可怕的表情。

——但是不久後，母親又變回深情的少女。——

當母親惆悵地望向窗外時，眼中充滿柔情。

——女人的心真是難以捉摸。——

智子說了這句令我似懂非懂的話，落寞地低下頭。

智子沒有出現。

太陽下山後，周圍一片漆黑。我又等了許久，一看手表，時針正指著九點。智子還是沒有回來。公寓居民快步爬樓梯的聲音，以及在門口甩掉傘上積雪的聲音，都讓我心中產生難以自己的悲痛。

我在大雪中踏上歸途。半路上我以凍到沒知覺的手，第一次買了菸。淚水朦朧中，自動販賣機的亮光顯得特別刺眼。

（七）

「這個叫林哥・史達的傢伙，小時候一定常被欺負。」

「怎麼說？」

「一個人取名叫蘋果，還能不被欺負嗎？」

「蘋果是日文。」（註）

「噢，也對。」乙太郎將視線移回電視畫面上。

新年已過，電視節目從新春特別節目變成普通節目，這段期間我完全沒與智子見

註：林哥・史達（Ringo Starr，1940～）是英國著名樂團「披頭四」（The Beatles）的鼓手。日文中，「林哥」與「蘋果」的發音相同。

面。餐桌上的菜色先從年節料理變成年節料理的剩菜，再變成清淡的蕎麥麵或烏龍麵，此時則已恢復往昔，變成以魚肉為主的家庭菜。

「……啊，好懷念。」

乙太郎正在看的是介紹懷舊音樂的節目。當然我對那些音樂一點也不感到懷念，但看著乙太郎一邊喝啤酒，一邊五音不全地隨著電視上的旋律哼唱，這種感覺並不壞。為了智子的事而煩躁難耐的心情，似乎也平靜了些。

「煮好了。」

奈緒從廚房端了一盤毛豆走來，放在乙太郎的面前。那毛豆從秋天起便一直放在冰箱裡。

「哦哦，謝謝。這碗是幹什麼的？」

「給你放殼。」

「好貼心的女兒。對吧，阿友。」

我還沒答話，奈緒已轉身走回廚房。乙太郎看著奈緒的背影，突然將臉朝我湊來。

「她最近發生什麼事了嗎？」

「……不知道。」

乙太郎聽了我的回答，毫不懷疑地點點頭，一臉納悶地繼續看電視。奈緒在廚房洗碗，餐具的碰撞聲似乎比往常更尖銳刺耳。

我是不是該對乙太郎說出真相呢？我是不是該告訴他，元旦那天下午，奈緒對我說的話，以及我當時的反應？我是不是該老實說出，我平常根本沒去家庭餐廳念書，而是跑到別的地方？

——奈緒以後就託你照顧了。——

我想起之前有天晚上，乙太郎隔著拉門對我說的話。

——我只有她而已了。我的老婆死了，小夜也死了，我的家人只剩下她了。——

——阿友，你跟我合得來……——

這一個半月，我跟奈緒幾乎沒說過一句話。乙太郎或許早察覺奈緒的不對勁跟我有關，只是在裝傻而已。我不禁偷偷朝乙太郎瞧了一眼，他正看著電視，嘟起嘴吃毛豆。

「一星期放兩天假，一年能放幾天？一百天？」

音樂節目結束後，變成新聞節目。自去年春天起，公務員實施週休二日制，私人企業也紛紛跟進。此時電視上正在報導相關的新聞。

「加上節慶假日、中元節跟春節，一定不只。」

「真好，我也想當上班族。」

乙太郎癟起嘴，雙手盤胸說道。接著他突然拉開電視櫃下的抽屜，開始翻找。我暗忖著他到底想搞什麼鬼。只見他拿出掏耳棒，以誇張的表情掏起耳朵。

「哦哦，好癢好癢……」

我實在無法想像乙太郎穿著西裝到公司上班的模樣。我看見他打領帶的次數，就跟看見他穿喪服的次數一樣。不管是領帶或喪服，都不適合他這個人。每一次我總是希望他趕快脫下那些東西，變回原本的乙太郎。我不只這麼想，臉上也透露出這種表情，當然我也說得出口。

「阿友，你將來想做什麼？上班族？」

乙太郎揚起眉毛看著自己掏出來的耳屎。

「沒想過。」

距離第一場在東京舉辦的大學入學考，只剩下兩個多星期。我還是一樣完全沒念書。我不想考試，甚至不願想像自己坐在考場裡寫考卷的模樣。我愈是努力寫考卷，便離智子愈遠，我實在找不到努力的理由。——不過如今想這些都是沒有意義的事了。不管我抱著怎樣的心情考試，甚至沒參加考試，都不會有任何改變，因為智子早已不肯見我。

「奇怪，跑哪裡去了……」

乙太郎在暖桌旁四處張望，似乎在尋找面紙盒。我拿起身旁的面紙盒朝他遞去，面紙盒的後頭滾出一粒乾癟的豆子，上頭沾滿灰塵。

那天晚上發生了一件事。很久之後，我才明白那件事背後隱含的真正意義。

當時我回到房間，正打開窗戶偷偷抽菸，突然我聽見奈緒的哭泣聲。我心下狐疑，轉頭看著拉門，豎耳聆聽。那哭聲一直沒有停歇，中間還夾雜著乙太郎的低聲細語。我將點燃的香菸塞進充當菸灰缸的咖啡空罐內，走出房間。

愈接近客廳，奈緒的哭泣聲愈是響亮。乙太郎似乎正慌張地不斷向奈緒說些什麼，但奈緒沒有回答。我拉開客廳拉門，奈緒沒有轉頭看我，只是繼續發出孩子般的哭聲。那毫不掩飾的嚎啕哭聲，一聲聲彷彿刺在我的胸膛上。

「奈緒，是我不小心，我不知道這東西那麼重要……」

奈緒垂首坐在暖桌邊，乙太郎則半蹲在她身旁，正拚命安撫她。暖桌上放著一本筆記本，上頭汁水淋漓，似乎是沾了味噌湯。

「發生什麼事了？」

「阿友，都是我笨手笨腳……我把這……」

奈緒的哭聲突然拉高，將乙太郎的話完全掩蓋。我在乙太郎身旁跪坐下來。

「你打翻了味噌湯？」

「是啊……我不知道這東西很重要，一個不小心就……」

乙太郎吞吞吐吐地說起來龍去脈。原來他喝完酒，覺得肚子有點餓，自己熱了晚餐剩下的味噌湯。但當他把味噌湯端進客廳時，手一滑，整碗湯竟翻倒在桌上。奈緒的筆記本剛好放桌上，就這麼給毀了。

「奈緒，對不起……對不起啦……」

乙太郎戰戰兢兢地將手放在奈緒的肩膀上。那態度有點像在碰觸過去從未見過的神祕動物。奈緒不斷發出啜泣聲，以兩手摀臉，抽抽噎噎地哭著。她每哽咽一聲，穿著睡衣的背影便顫動一下。

「這是什麼筆記本？學校的嗎？」

我拿起又濕又熱的筆記本，輕輕甩掉上頭的味噌湯，翻開一看，裡頭以鉛筆寫著英文文法及單字。或許奈緒是打算複習功課，才將這筆記本從房間拿到客廳來吧。

「不要緊的，還能讀……奈緒，還能讀，只要抄到另一本筆記本上就行了。」

乙太郎突然神色一亮。

「真的還能讀！奈緒，我明天去買本新的筆記本，幫妳把字抄過來，妳別難過了，好不好？」

但奈緒依然垂首不語。

不過是弄髒了一本學校的筆記本而已，我不明白奈緒為何這麼傷心。我小心翼翼地翻了幾頁，雖沒有看完全部內容，但沒看見任何無法辨識的字跡。仔細想想，翻倒的是味噌湯，又不是油漆或墨汁，不至於讓字跡無法辨識。這一點奈緒不可能不知道。

「伯父，幫我拿面紙。」

「馬上來。」

我跟乙太郎七手八腳地拿面紙擦去筆記本上的味噌湯。我們怕紙破掉，不敢擦得太仔細，大致擦了一遍，接著只能等它自然風乾。

「原諒我嘛，原諒我。」

乙太郎一邊搓磨雙手手掌，一邊頻頻低頭道歉。奈緒雖然不哭了，但神色木然，一直垂著頭，輕閉雙唇，以左手抓著右手腕上的許願繩。

隔天早上，原本放在廚房流理台邊自然風乾的筆記本竟然不翼而飛。我在房間換衣服，聽見乙太郎的呼喊聲。走到庫房裡一看，只見乙太郎將塑膠垃圾桶的蓋子像盾牌一樣拿在手上，一臉茫然地朝我望來。我朝垃圾桶內探去，昨晚那筆記本斜躺在桶內。我拿起那本仍帶濕氣的筆記本，發現下方還有條紅白相間的繩狀物。那是奈緒的許願繩。

那天放學回到家後，我問奈緒為何要將筆記本及許願繩丟掉，她只是敷衍了事地搖搖頭，沒有做任何解釋。

（八）

數天後的星期五，我終於見到智子。

我還記得那天的天空陰霾而低垂。在這鄉下地方，比房子高的東西只有天空而已，但那天的天空卻是前所未有的低。放學時我凝視著地面走路，有種快要被空中烏雲壓扁的錯覺。一路來到了濱海道路，我偶然抬頭往前望去，寬廣無邊的大海呈現跟天空相同的色彩，與天空近得彷彿表面隨時會碰觸在一起。

過了許久，我才察覺那景色之中有個小點。

那是智子，她蹲在堤防邊看海。她身上穿著我熟悉的白色大衣。那大衣鮮明的白色在灰色背景中並不醒目，或許是因為她的背影完全融入陰鬱風景之中。我以雙手抓住護欄，將身體往前湊，注視著她的背影。就在我張口想要呼喊時，智子忽然站起來。

她朝我這個方向走來，逐漸朝水泥階梯靠近。她的秀髮及裙襬在海風中緩緩搖曳。當她正準備要踏上通往我這裡的階梯時，我做了一個令我事後懊悔萬分的行動。不過就算那天我採取的是完全不同的行動，也不可能產生什麼好結果。當智子孤獨地凝視大海時，許多無法挽回的事情早已牽連、糾結在一起。但是多少會有些不同，無論如何總是會比那天實際發生的結果要好上一些。

當時我還來不及細想，雙腳已採取行動。我慢慢後退，遠離護欄邊，退了大約一公尺後，我轉身拔腿狂奔。我不知道為何自己會這麼做，或許是害怕，也或許是需要多一點時間思考如何與她溝通。我彎過街角，躲在已打烊的釣具店招牌後方，屏住呼吸，從這個地方，可以清楚地看到剛剛我站的位置。

智子終於出現在道路上。她輕按著頭髮，回頭往大海又瞥了一眼，再帶著萬般無奈的神情邁步而行。

我從招牌後走出來，跨了一、兩步後，心中的遲疑已經消失。我決定跟蹤智子。

我和她保持著一定距離緩緩前進。智子的腰桿挺得筆直，雙肩在景色中不曾有半分晃動。那看起來像是勇敢面對重大難題的背影。在充滿壓迫感的低垂天空下，她默默地走著，彎過轉角。

智子的目的地是商店街。她在稀疏的人群中不斷前進，通過了幾間店面，都是一些受大型店鋪開張影響而倒閉的小店。途中她在一家蛋糕店門口停下腳步，過去我們曾經一起望著這個櫥窗挑選著小聖誕蛋糕。就在她佇足朝店內凝望時，我的雙腳毫不停留，緩緩朝她的背後走去。心臟在肋骨內側劇烈鼓動，疼得令我難以忍受。我決定走上前去，跟她說話。我不知道該對她說什麼，不在乎她用冷漠的眼神看我，也不在乎她露出鄙視的笑容。無論如何，我要在這裡跟她把話說清楚。——但她已繼續往前走，於是我加快腳步。

然而下一瞬間，我停下腳步。

我看見不可思議的景象。嘈雜的喧鬧聲逐漸自我耳中消失，整個視野除了中心點之外全變成白茫茫一片。

為什麼那個人會出現在這裡？

他在這裡做什麼？

我完全聽不見對話的內容。比智子略矮一點的乙太郎，正低頭對智子說話。在說話的過程中，他不曾看智子的臉。乙太郎跟往常一樣穿著工作服及防滑鞋。或許是天氣寒冷的關係，他將雙手交叉在胸前，把兩隻手掌夾在兩邊腋下。智子一直背對著我，所以我不知道乙太郎是自顧自地說話，還是智子給了他某些回答。不過沒多久，我看見乙太郎輕輕點了一、兩次頭。

接著兩人消失在熙來攘往的街頭，只留下我愣愣地站在原地。

乙太郎來找智子，是和奈緒一樣，基於對我的關懷嗎？他是不是對智子說，今後別再跟我見面？又或者他用了較委婉的措詞，希望智子別在我準備考試的重要時期打擾我？但是乙太郎為何會知道我跟智子的關係？是奈緒跟他說的嗎？最近我已經沒跟智子見面了，但奈緒並不清楚。我每天回家的時間雖然提早很多，但奈緒一定認為我跟智子的關係還持續。或許正因為如此，奈緒向乙太郎尋求協助，於是乙太郎親自出馬，將智子約出來談判。

當一個人的腦中設想著最壞的結果時，那結果多半不會成真。相反地，當最壞的結果成真時，當事人往往料想不到。可惜當時的我並不明白這個道理。

為了找出智子與乙太郎，我在商店街裡繞了好幾圈。我盡量混在人群中，以免被那兩人發現，或許正因如此，害我找了半天也沒找到。我抱著死馬當活馬醫的心情回到智子剛剛佇足的蛋糕店，依然是撲了個空。

冬天的白晝結束得早，太陽已西沉。

我離開商店街，朝智子的公寓走去，心境有如走在陰暗的水底一般。我不知道智子是否已經回到公寓，但我好想跟她說話。就算她還沒回來也沒關係，我會像開學典禮那天一樣在門口等她，這次我不會中途放棄，我要一直等下去。此時此刻，我並不是抱著要和智子釐清真相的心態，反而比較像是個出門尋找失蹤母親的小孩，充滿悲傷與寂寞。

我按了門鈴，但沒有回應。我又敲了門，結果也一樣。門內一點聲響也沒有。看來只能等下去了。我轉身倚靠著門板，雙手抵住額頭，閉上了眼。

然而就在這一瞬間，我的心中產生一種奇妙的感覺。那是一種令我不知如何形容的感覺。我轉頭凝視著門板。門內無聲無息，沒有半點聲音。但我總有一種感覺，似乎存在於這房間內的不是「寂靜」，而是「沉默」。我又按了一次電鈴。門內除了傳出熟悉的電子鈴聲外，聽不見半點聲音。但我可以清楚地感覺到，存在於門內的「沉默」正輕輕顫動。

我下意識地朝左手邊望去，思緒在片刻之後才跟上。小鐵蓋下，那個陰暗的空間裡，有管線及瓦斯、自來水計量表。

還有鑰匙。

當我將手朝那小鐵蓋伸去時，內心惴惴不安，幻想著那裡頭可能會竄出一頭過去從未見過的漆黑猛獸。但當我實際打開那生鏽的鐵蓋時，裡頭只有排列整齊的管線、灰塵及水泥的臭氣。我先朝瓦斯計量表下方摸去，沒摸到鑰匙。接著我朝自來水計量表下摸去，這次我的指尖碰觸到膠帶的觸感。我用力一摳，那鑰匙便落入我的掌心。

我將鑰匙插入門把上的鑰匙孔中，緩緩向右旋轉。門鎖開啟的金屬聲，迴盪在鴉雀無聲的走廊上。門後的「沉默」在一瞬間提高密度，宛如沒有聲音的浪潮，自水平線的另一頭朝我席捲而來。我握住門把。那金屬門把冰涼得嚇人，但我的手掌也同樣冰涼，耳中還能聽見血管的脈動聲。我轉動門把，緩緩向後拉開，微弱的狹長光芒自縫中透出。隨著那光芒不斷擴張，我聞到若有似無的菸味。

在那熟悉的房間裡，有著兩頭陌生的四足動物。下面那一頭，從我的角度看不見臉。至於上面那一頭，則是轉過脖子朝我望來，一動也不動。那彷彿就像一張照片。這張突然出現在眼前的照片，讓我全身動彈不得，鞋底彷彿黏在地板上，既無法往前進，也無法向後逃。我聽見尖銳的耳鳴聲，彷彿有兩根長針正自左右兩側緩緩插入腦中。除了耳鳴之外的所有聲音皆模糊不清，彷彿是出現在遙遠記憶中的聲音。

「你在幹什麼……」

驚愕從乙太郎的臉上消失，取而代之的是有如凶神惡煞般的怒火，激動的情緒讓他的臉部肌肉扭曲、變形。

「你為什麼……擅自開別人家的門！」

我感覺肺部脹滿空氣，卻無法吐出，舌頭縮成一團，喉嚨彷彿被塞住了，發不出半點聲音。乙太郎慢慢站起。身上一絲不掛的他，緩緩朝我走來。他整張臉緊繃、僵硬，在逆光之中，看起來特別巨大。他惡狠狠地站在我面前。我清楚地看到他皮膚上的每一根體毛，他的陰毛裡夾雜幾根白毛，腹部上的贅肉比我想像得還要多，每呼吸一次，就會大幅度蠕動。

那是我見過最醜陋的乙太郎。就像沒有殼的蝸牛，帶給我強烈的噁心感。

「快回去，阿友！這事跟你沒關係！」

我所站的位置比乙太郎略低一些。乙太郎在說這句話時，一滴唾液自他口中噴出，濺到我的額頭上，就像是他用溫熱的肉體貼上來一般，厭惡感在一瞬間自那一點擴散全身，激動的情緒自我的腹部向上激竄，我還來不及壓抑，那股情緒已從我的口中噴出。

我已不記得當時我說了些什麼，我甚至不知道我想表達的是憤怒還是悲傷。我不想聽任何解釋，所以我沒問任何問題。從我口中傾瀉而出的只有汙衊與如同肉塊般血淋淋的恨意。我將這些情緒盡量轉換成最骯髒的字眼，朝乙太郎扔去。我的眼前一片血紅，每當我怒吼一次，那鮮紅色調便如同脈動般加深一分。我似乎提到逸子伯母的名字，還提到奈緒。我清楚地記得當時我喊到忘了呼吸，兩隻緊握的拳頭不停顫抖。當我嘶喊時，喉嚨內側彷彿有數根針在向外穿刺。乙太郎後來已不再看我，他臉色難看地低頭不動，似乎在等著巨浪退去的那一刻。

沒多久我聽到乙太郎的聲音，他的語氣非常平靜。

「阿友……你根本不懂我的感受……」

這句簡短的話，在途中化成了哽咽聲。

我恨乙太郎，但不知為何，我同樣恨站在這裡的自己。

我朝智子望去。她在棉被中坐起身子，有如人偶般看著前方不動，那不帶絲毫意志的兩眼，只是凝視著前方的牆壁。房間裡沒開暖氣，在天花板的微弱燈光照耀下，智子的身體沒有移動半分。我第一次看見她的胸部，那對酥胸比我想像中要小一些，她就像個被人命令坐著不准動的少女。她的左右大腿、腹部及胸口上刻劃著可怕的傷痕，那些傷痕並沒有流血，但數量非常多。有的像砧板上的刀痕一樣是直線狀，有的則是扭曲的線條，彷彿是尚未習字的幼童畫在筆記本上的塗鴉。

「那些傷……」

乙太郎循著我的視線回頭望去。那一瞬間，我瞥見乙太郎背上的火傷。

「那些傷……跟我無關。」

乙太郎並沒有說謊。那些傷都是舊傷。

我的腦袋雖失去了重心，但卻想通了一件事。原來那些傷就是智子一直不肯跟我發生關係的理由。當初在陰暗的地板底下聽見的聲音，那個姓綿貫的男人的沙啞說話聲，依稀在我的耳中迴盪。

（九）

他們的相識，必須回溯到十二月中左右。

那似乎是個偶然。智子從打工的手工藝品店回家，下了公車，正朝公寓走去。當時路旁停了一輛箱型車，智子從車旁通過，忽聽見車內傳出打招呼的聲音。仔細一看，那正是橋塚驅蟲公司的公務車。乙太郎拉下車窗，對著智子滿臉堆笑。

智子心想，裝作沒看到似乎不太自然，於是停下腳步，鞠了個躬。

乙太郎將雙手靠在駕駛座的車窗上，跟智子攀談。

——那場火災真是遺憾。——

乙太郎的語氣中並無任何深意。

——消滅了白蟻，房子卻燒掉了。——

智子惶惶不安，只能敷衍地點頭。接著乙太郎立刻改變話題，他說此時是上班時間，但天氣實在太冷，只好躲在車裡偷懶；又說白蟻在冬天依然活躍，但客人卻只在夏天才關心白蟻問題，因此很難接到工作。乙太郎絮絮叨叨地說，智子找不到抽身的時機，只好隨口應答。

忽然間，乙太郎斂起笑容，往左右看了兩眼，低聲說道：

——對了……那場火災是失火嗎？——

此時乙太郎的語氣跟剛剛完全不同，充滿弦外之音。智子感覺胸口一涼，但沒有表現在臉上。

——大概是香菸引起的火災吧。——

——有道理，那位先生是會抽菸的。——

乙太郎移開視線，半晌沒有開口。

——我先失陪了。——

智子轉身離開，背後忽又傳來乙太郎的聲音。

——該不會是妳放的火吧？——

智子轉過頭來。乙太郎沒有看她，自顧自說個不停。

——這只是我的胡思亂想，妳別介意。我不知道妳跟那個人是什麼關係，但我看得出來妳進出那個家並非出於自願，妳跟那個人見面只是逼不得已。——

言下之意，當然是智子為了殺死綿貫而刻意縱火。

此時智子大可以直斥其非，或是一笑置之，但她一臉僵硬，什麼話都沒說。那反應乙太郎都看在眼裡。

——被火燒死，一定很痛苦吧。——

乙太郎神色茫然地呢喃說道。

——我如果把這事告訴警察，或許警察會重新調查起火原因……——

「不過我猜他只是嚇唬我而已，不管我採取什麼態度，他都不會真的報警。我看得出來，他就是這種人。」

我默默點頭。智子說得沒錯，依乙太郎的個性確實不會真的報警。但智子這麼說，宛如是在替乙太郎辯白，這讓我胸中原本已壓抑下來的怒火再度燃燒。

我跟智子並肩坐在房間內的沙發上。我們的肩膀並未相觸，視線也不曾相交，只是各自看著自己的膝蓋。昨天兩頭動物糾纏在一起的地方，如今放著一張矮桌。那矮桌上有顆雪景球，那不是智子送我的雪景球，而是她在國中三年級剛搬來這鎮上時買的那顆。玻璃中的景色雖跟她送我的那顆很像，但稍微小了一點。今天早上，我再度來到門外按電鈴。智子沒有回應，但我一轉門把，發現門沒上鎖。走進房內一看，她正愣愣地凝視著那顆雪景球。

昨晚發生那件事之後，我沒有回家。我在街上漫無目的地遊蕩，在冰冷的堤防上坐了一會兒，又到公園裡抽了幾根菸，最後在家庭餐廳待到早上。天一亮，我一走出店門，雙腳便不由自主地朝智子的公寓走來。乙太郎當然已經離開了，他現在不是去開工，就是在家裡等著我回去。

「但是……我還是放心不下……我很害怕。」所以智子為了封住乙太郎的口，只好跟他發生關係。第一次是在聖誕節的前幾天，後來又見了數次面，地點都是在這房間。

原來那場火真的是智子放的。原本隱晦不明的真相，竟然是在這種契機下水落石出。然而就算知道了真相，我心裡只有難以言喻的悲傷。我悲傷，並非因為智子是犯罪者，而是因為她為了自己犯下的罪行竟付出如此大的代價。對十多歲的我而言，我絲毫不覺得過世的綿貫可憐。綿貫跟我父親很像，或許是原因之一吧。在陰暗的地板底下聽見的那殘酷的聲音，又是另一個原因。當然還有智子身上那令人不忍卒睹的可怕傷痕，充塞在我心中的，只有對智子的哀憐。

「妳不願見我……是因為跟乙太郎變成了那樣的關係？」

智子沒有回答。她的雪白額頭上漾起皺紋，彷彿正承受著切身的疼痛。

聖誕節前幾天，有陣子她不讓我進房間，理由是她得了感冒。當我在門口將哈密瓜、冰淇淋交到她手中時，乙太郎或許正在房間裡。此外，過年之後有幾次我按電鈴卻無人應門，或許也是因為乙太郎在裡頭。我把這想法告訴智子，但她卻搖頭否認。

「你來時剛好他在，這情形昨天是第一次發生。他每次來，總是很快就走了，不會在這裡逗留。」

「既然如此，為什麼不讓我進房間？」

「是我不想再跟你見面。」

一時之間，我以為那是因為乙太郎要求她別再見我，但她的回答卻不是這麼回事。

「到昨天為止，他根本不知道我跟你之間的事。不再見你，是我自己的決定。」

但是聖誕節及除夕夜，智子都與我見面，不但送我一顆雪景球，還陪我一起聽除夕鐘聲。如果她不想再見我，為何要對我做這些事？

我對智子提出這疑問，她陷入沉默。這是那天之中最長的一次沉默。她思索了半晌，說出口的答案卻是「我也不知道」。我想她並沒有騙我，也不是在敷衍我，這一點我看得出來。但這稱不上答案的答案，還是無法讓我滿意，我需要一個更明確的答案，才能決定今後該怎麼做。所以我沒有說話，跟她一樣保持沉默。

「有一點，我希望你能了解。」

智子低頭說。

「那個人沒有威脅我，也從來沒威脅過我。雖然他在言語中暗示想跟我發生肉體關係，但他從來沒親口說過。」

智子遲疑片刻，接著說：

「是我主動誘惑他。」

我的眼前驟然變得一片昏暗，宛如視力被奪走般。我終於流下了眼淚，睡眠不足的雙眼疼痛不已。智子為了避免犯罪曝光，竟主動對乙太郎獻出身體。以男人來說，那相當於怎樣的犧牲呢？捨棄工作？捨棄家人？還是捨棄某個最重要的回憶？

「為什麼不找我商量？」

「你還年輕，我不敢告訴你。」

我抬頭瞪著智子，懊悔讓我的眼眶再度盈滿淚水。我故意使用可怕的字眼。

「妳擔心我闖下大禍？妳怕我毆打乙太郎，甚至是殺了他？」

「不是。」

「不然呢……？」

「我怕你放棄希望。」

我愣住了。她口中所說的「放棄希望」到底是什麼意思，我完全無法理解。她縱火殺了綿貫，被乙太郎抓住把柄。這事就算被我知道，跟「放棄希望」又有什麼關係？

「我怕你跑到警察局，把一切都說出來……」

智子這句話，讓我的腦袋更加混亂了。

「我怎麼可能去找警察？妳如果事先找我商量，我一定會幫妳的。我會想辦法要乙太郎不把放火的事情說出去。無論如何，我一定會保護妳的。」

我才說到一半，智子突然抬頭看著我。她的眼神宛如看見一個陌生人。我心下詫異，不明白自己說錯了什麼話。難道她是認為我這樣的想法實在太天真、太幼稚嗎？——終於智子張開緊閉的雙唇。

然後露出像是隨時會哭出來的的表情。

下個瞬間從她口中說出來的那句話，帶給我無比的自責與懊悔。直到現在，依然是我心中極深的傷痛。

「我以為是你。」

智子那帶著微笑的雙眼，終於溢出淚水。

「我一直以為那火是你放的。你在地板下偷聽，覺得我太可憐，所以為了救我而放火燒屋。我一直這麼以為。」

我頓時感覺全身冰涼，胸口有如被灌入大量冰水。

「我……」

原來一切都是我的錯。

都怪我太愚蠢、太狡猾。

對於那場火災，我一直維持著曖昧不明的態度，是我故意讓她誤會，那場火真的是我放的。我這麼做，只是為了維繫與智子的關係。我總以為智子接近我只是為了感謝我幫她殺死綿貫，所以害怕讓智子知道那火其實根本不是我放的。這段期間，我一直偽裝成為了智子而弄髒雙手的犯罪者角色。

——是你放的火吧？——

當時智子在乙太郎家門口這麼問我。

——我想向你道謝。——

原來那番話的背後根本沒有什麼策略或圖謀。

——我如果把這事告訴警察，或許警察會重新調查起火原因……——

當乙太郎這麼說時，智子害怕的不是她自己的犯行曝光。她願意任憑乙太郎予取予求，完全是為了保護我。她是為了我而獻出她的肉體。她真正害怕的是我的罪行被世人發現，萬一乙太郎真的跑到警察局說了什麼跟那場火災有關的事，警察或許會回到災後現場重啟調查。如此一來，警察有可能會找到某些線索，例如有人從地板底下縱火的證據，或是有人曾侵入檢查口的痕跡。智子真正害怕的是這件事。

所以她誘惑了乙太郎。

「原來……那場火災真的是意外。」

智子的語氣中充滿無盡的感慨。我啞口無言。

那一天，我與智子發生關係。那是第一次，也是最後一次。

智子從頭到尾抱緊我的肩膀，似乎是不想讓我看見她身上的傷痕。她的手指貼在我的皮膚上，如魚一樣冰冷。我在智子身上第一次嘗到性愛的滋味，激情逐漸褪去後，我依然緊摟著她的身體。我終於逐漸聽見電暖氣的單調送氣音，智子的溫熱胸脯與我緊緊相貼，我閉上雙眼，意識又再度變得朦朧。電暖氣的聲音，化成來自遠方的喧鬧聲，眼前浮現一片模糊卻明亮的景象。景象中，有一群人正在遠方歡笑、喧嘩，有大人也有小孩，那是乙太郎帶我到海水浴場玩的回憶，當時我還是個尚未意識到自己是個男人的孩子。我的整個腦袋、整個身體充塞著激動與亢奮。眼中看見的是清澈而耀眼的夏日天空，鼻中聞到的是小吃店的醬油香，耳中聽見的是浪花的拍打聲。我一心只想縱情向前奔跑。我站在海灘上，每當大浪從遠方無聲無息地湧來，水面總是漲到我的胸口。

那個時候的世界只有大人與小孩，沒有男人與女人的分別。雙親、乙太郎及逸子伯母都只是大人，我們都只是小孩。

如果時光可以倒轉，我會想回到哪個時候？我會想再過一次哪個階段的人生呢？回到那個只有大人與小孩的世界嗎？回到那個對小夜感到有些恐懼，卻又懷抱著甜蜜憧憬的歲月嗎？回到殺死她的前一刻嗎？回到每天與智子深情相吻的時期嗎？還是更早之前，我還在潮濕被褥中盡情幻想的那段日子？我聽著遙遠的海灘喧鬧聲，突然湧起一陣對乙太郎的同情。逸子伯母過世至今已將近七個年頭。

——我已經從女人身上畢業了。——

乙太郎曾在堤防上對我這麼說。當時他吃完奈緒做的飯糰，正一口一口抽著菸。我想，他是在提醒自己早日忘記身為男人的事實。

——阿友……你根本不懂我的感受……——

我突然好想見乙太郎一面。我不想見他，卻又好想見他。我好想回到坐在那堤防邊的日子，即使只有一分鐘也好。

智子輕輕捉起我的手，朝她的身上摸去。我的指尖感受到的是凹凸不平的傷痕。智子引導著我的手指，摸遍每一道傷痕。

「如果沒有發生火災，我有一天可能真的會殺了他。」

關於綿貫的性癖好，我沒有多問。我知道即使問了，也無法理解。我回想著當初在黑暗的地板下聽到的聲音，那是智子承受著痛苦煎熬的聲音。

「馬上就會消失了。」

傷痕不會永遠存在，總有一天會被時間全部帶走。智子將我的手往上牽引，我感受著掌心的觸感。

「妳為什麼沒有逃走？」

半睡半醒之間，我感覺自己的聲音異常遙遠。智子在我耳畔的細語聲，比我自己的聲音還清晰得多。

「我有把柄在他手上，他知道我的一個祕密。」

腦袋中彷彿起了一層溫熱的霧氣。或許是因為那霧氣的緣故，我想起乙太郎的臉。智子的把柄……那場火災……不對，這跟那沒關係。現在講的是綿貫的事，不是乙太郎。

「但那不是唯一的理由。或許因為我沒有父親，所以再怎麼受欺負，還是捨不得離開他。」

智子的祕密到底是什麼呢？我想著想著，不知是我下意識地問出口，還是智子主動自白，總而言之，她終於告訴我答案。

「其實……我真的殺過人。」

智子的口氣平板而單調，不帶絲毫感情，但聽在我耳中卻異常清晰。那感覺就像原本透過電話的說話聲，突然變成直接在耳畔訴說一樣。

「那是很久以前的事了……」

模糊的意識中，我似乎聽見尖銳的聲響。但那聲音若有似無，無法將我從倦意之中喚醒。

「我念高中時，學校舉辦了一場露營活動。當時綿貫是級任導師，由他負責帶隊。」

那尖銳的聲響似乎離我愈來愈近。

「那天晚上，我一個人偷偷溜出帳篷。每個同學都開心地聊著關於家人的事，讓我覺得待在帳篷裡實在很沒意思。如今回想起來，或許是因為那些人沒有其他話題吧。」

聲音愈來愈清晰。那刺耳的金屬聲有如耳鳴，帶來令人不舒服的震動。

「那露營區裡有個展望廣場，可以看見美麗的星星。我不想回帳篷，所以一個人在廣場上抽菸。」

我終於輕輕睜開雙眼。

「綿貫突然走過來。原來他發現我不在，所以出來找我。我看級任導師突然出現，急忙將手上的香菸往後丟。綿貫叫我趕快回帳篷，我以為他沒發現我在抽菸……」

尖銳聲響與我的耳朵間原本有道隱形的牆，這時牆面開始出現細微的龜裂，下個瞬間，整座牆壁土崩瓦解。聲音頓時變得震耳欲聾，彷彿音響的音量調節鈕突然被轉至最大一般。

「那展望廣場的下面有座帳篷。當天晚上，那帳篷燒了起來。雖然消防車趕來滅了火，但那場火災還是燒死了一個女人。露營結束，回到學校後，綿貫突然將我叫去。他說帳篷會燒起來，全是因為我亂丟菸蒂的關係。他其實都看到了。」

我的腦袋中彷彿有無數根尖銳的針，在頭蓋骨內側瘋狂地攪拌。

「我當然也猜到了，我丟在展望廣場的那根菸引起火災。所以當綿貫對我提出威脅時，我什麼話都說不出口。他要求與我發生關係，我也只能答應。當時我沒料到這關係會維持這麼久，我以為只要咬牙忍耐一下，就不會有人知道我殺了人——」

智子與我之間彷彿隔著一層磨得光亮的玻璃。我能清楚地看見她的臉，卻再也感受不到她的存在。我的腦中充斥著巨大的聲響，幾乎要將我的整顆頭震成碎片。現實中的聲音全被淹沒，什麼也聽不見。我聽不見智子的聲音，只能瞪著她的嘴來判斷她說了些什麼話。

「……友彥？」

一股凶暴的情緒自我的胸腹之間向上竄升，刮傷身體內側的黏膜，隨時都有可能從喉嚨噴發而出。在我的眼中，智子的臉像麥芽糖一樣扭曲變形。

原來是她。

是她殺了逸子伯母，燒掉了小夜的半張臉。

我站起來。

智子瞪大雙眼，愣愣地看著我。

「友彥？」

她朝我伸出手，我將她整個人推出去。她失去平衡，撞在沙發扶手上，發出驚呼。她轉頭看著我，漆黑的瞳孔微微顫抖，似乎在問我為何如此對待她。

(!)
第三章

（一）

回憶如同退潮，一邊離我遠去，一邊帶走腳下的細沙。那一顆顆細沙中，包含了希望、夢想及信賴。從那天算起，時間過了將近兩年，如今的我是東京台東區的某大學的學生。

那一天，智子倒在地上因迷惘與錯愕而全身輕顫，而我對著她破口大罵。我告訴她，她放火燒死的，是一直非常照顧我的伯母。我告訴她，那個臉上燒傷一半的少女，是我喜歡的人。我告訴她，那少女在半年後上吊自殺了，屍體旁邊掉了一個半張臉被泥土弄髒的雪人。智子抬起像紙般慘白的臉，緊閉雙唇，愣愣地凝望著我。淚水畫過那毫無血色的臉頰，她沒有眨眼，淚水不斷撲簌流下。我沒有給她說話的機會，我抓起桌上的雪景球，朝牆壁奮力擲去。砰的一聲巨響，雪景球掉在地上，裂了開來。但雪景球並未如我的預期碎得慘不忍睹，球體只是裂成三大片，而且三片玻璃片各自還連在台座上，依然維持著球體的形狀。混著雪粉的水自細微的裂縫中漏出，流在地板上。雪人在失去水的玻璃內面無表情地望著我。那天，我數次以「殺人凶手」這字眼辱罵智子。當然我知道她並非蓄意殺人，她並沒有拿打火機在帳篷上點火，也沒有做出拿刀刺、掐脖子之類的凶殘行徑。但是在我聽完智子的告白後，我腦中浮現的只有「殺人凶手」這字眼。

就在我默默穿上衣服，準備離開房間時，在我背後的智子不斷發出類似哽咽的呼吸聲。這是她第一次對我完全敞開心房，或許也是最後一次。在哽咽聲中，我聽見她以顫抖的聲音說了一句「對不起」。但我沒有回頭，直接走出大門。

——我殺了人……——

智子的聲音非常平淡，感受不到任何情緒。

——卻還厚著臉皮活著……——

我不等她說完，已關上大門。我很清楚，懺悔的言詞除了逃避責任外，沒有任何意義。

那是我最後一次見到智子。

那天晚上，我在霧氣迷濛的漁港邊來回徘徊許久。我忍不住伸腳朝一艘小漁船的船首踢去。一開始只是輕輕踢，但踢了兩、三腳後，腦內熱氣不斷膨脹，當我回過神來，我正用腳下學生鞋的鞋跟朝船身狠狠推去。激烈的水花聲中，小船不停搖晃。驟然間，我出腳的時機剛好與船身搖晃的頻率重疊，使整個船身彈起，撞向旁邊的漁船。我聽見某種東西被撞壞的巨大聲響。我將乾涸的眼睛瞇起一隻，朝發出聲音的方向望去，原來我腳下那漁船的無線電天線竟撞上隔壁漁船的聚魚燈，當場折斷。漁港入口處那頭，有個正在漁業工會倉庫裡工作的男人看見了，走到我的背後，揪住我的學生服衣領。我一轉頭，臉上立刻挨了一拳。我只覺得眼前白光一閃，下一瞬間已滾倒在冰冷的水泥地面上。男人一邊怒罵一邊朝我撲來，他似乎還要揍我。我一跳起來，立刻使盡全力朝對方的肚子踢去，男人也朝我的下腹部踢了一腳。我臉上挨了一拳又一拳，到後來我已搞不清楚自己面向何方。我倒在地上，又被男人拉起來。我只記得那男人的呼吸聲異常清晰，簡直像我自己的呼吸聲一樣。警車的鳴笛聲逐漸靠近，最後我跟那男人都被帶到警察局。

乙太郎接到通知，來到警察局。

他不斷向負責的員警鞠躬道歉，連看都沒看我一眼。離開警察局後，我坐上乙太郎的公務車的副駕駛座。隔著擋風玻璃望出去，夜晚的道路上幾乎沒有車子。這條路明明已走過無數回，此時卻感到異常陌生。回想起來，我幾乎不曾在晚上搭乙太郎的車通過這條路。

——你是怎麼了……？——

街燈寥寥可數的濱海道路上，乙太郎將車窗開了一道小縫，點了菸，終於開口說話。

——沒什麼，打架而已。——

——真不像你的個性。——

——我也是會……——

我說到一半，不知該怎麼接下去。直到車子抵達家門口前，我沒再開口，只是蜷曲在副駕駛座上，瞪著眼前的夜色。車身每次晃動，我便感到全身劇痛。由於肚子上挨了好幾腳，此時只要稍微伸直背脊，內臟就像全翻過來一樣疼痛難耐。

我沒把智子是帳篷失火的元凶一事告訴乙太郎。他一定以為我在漁港的胡鬧，全是他的緣故。他以為是因為我目睹他跟智子在房間內的行為，才想要賭氣洩憤吧。就讓他這麼想，也沒什麼不好。露營區火災的真相，我實在是無法對乙太郎說。

隔天起，我開始認真準備考試。就在我將一切拋諸腦後，整天躲在房裡看書時，美國舉行了總統就職典禮，日本誕生了第一位外籍橫綱。但那段時期我不看電視，也很少跟奈緒、乙太郎交談，這些都是在我收到第一張大學錄取通知單後才知道的事。我報考的三間學校中，有兩間被錄取。當我開始打包行李，即將前往東京時，我開始會看電視，偶爾還會跟奈緒說兩句玩笑話，但是對乙太郎我始終保持冷漠。即使是過了一年半的現在，這狀況依然沒有改變。自從進大學後，我從沒回去過。從前每年元旦一定會跟乙太郎他們去掃墓，今年我缺席了。我一個人窩在房間裡，聽著電視傳來新年特別節目的聲音，回想著小夜及逸子伯母的事。

就在我出發前往東京的不久前，有天奈緒將我叫進房間，對我說出了一個真相。

——有件事，我得向阿友道歉。——

原來奈緒早就知道，我和乙太郎與同一個女人往來。

——過年那時我不是勸過你，別再跟那個人見面嗎？——

她在那時候就已經知道了，所以才對我提出忠告。

——這件事我不能對爸爸說，只好對你說。爸爸跟哪個女人交往，是他的自由，但你當時正在準備考試，不能把時間花在女人身上。——

奈緒沒再開口，將接下來要說的話全吞回去。

關於她如何得知乙太郎與智子的關係，她也對我說明了。

聖誕節前的某一天。奈緒在放學後，來到我就讀的高中校門口。當時我還一天到晚膩在智子的房間裡，她以為我那天也會去智子的公寓，打算再次跟蹤我，但是那天我一放學便直接回家。當時雖已接近聖誕節，但智子剛好感冒，不讓我進房間。

——我鬆了一口氣，本來打算跟著一起回家……——

但那天奈緒不知為何，竟往智子的公寓方向走去。奈緒說，她其實沒打算跟智子碰面。為什麼會走向智子的公寓，她自己也說不上來。

——或許我是想看清楚那個女人的模樣吧。我想看看她的容貌，看看她穿怎樣的衣服。——

但是奈緒不敢走到門口按電鈴，只好愣愣地站在街角發呆。就在這時，一個熟悉的白色物體通過她的眼前，那是乙太郎的公務車。乙太郎的車子在距離奈緒不遠處停下來。

——一開始我以為爸爸發現我站在轉角，因此停下車子。但我從轉角探頭偷看，卻又不像那麼回事。——

那確實是乙太郎的車子，從駕駛座走下來的人也是乙太郎，但他連看也沒看奈緒一眼，直接朝智子的公寓走去。

——我真是嚇傻了。——

當奈緒說這句話時，短短的幾個音裡已夾帶哽咽聲。

大約一個小時後，乙太郎開門走出來。他的工作服下露出襯衫下襬的一角。

——我一看就知道，他進去做了什麼事。——

奈緒不敢將這祕密告訴任何人，只好一直藏在心底。

——我不知道，也不想知道爸爸為何跟那個人變成那種關係的……我只覺得好寂寞，那種感覺甚至超越了嫉妒，是難以形容的寂寞。爸爸跟阿友同時被那女人搶走了，我成了孤伶伶的一個人，我覺得好寂寞，好想哭，但我告訴自己不能哭。——

所以當奈緒看見筆記本被味噌湯弄髒時，終於哭了出來。一開始我不明白這兩者有何關係，但凝視奈緒的神情半晌後，我似乎有些懂了。奈緒只是需要一個機會而已，她需要一個宣洩淚水的機會。乙太郎碰巧在奈緒的筆記本上打翻味噌湯，因此那一晚她像個孩子一樣嚎啕大哭。

——妳把這件事告訴伯父了？——

——關於那個人的事？——

我還沒回答，奈緒立刻搖頭。

——我什麼都沒對爸爸說。他那個人很遲鈍，大概沒發現我已經知道這件事了吧。——

奈緒說，她永遠都不會對乙太郎說出這個祕密。

接著，奈緒又對我說起許願繩的事。

——當人走投無路時，就會想到神。朋友告訴我一間賣許願繩的店，我就去買了一條。——

奈緒沒告訴我，她到底許了什麼願望。

——但我突然覺得對那種東西許願實在很悲哀，最後還是丟掉了。——

我回想起奈緒大哭的隔天早上，我在垃圾桶裡看見的那條許願繩。如果奈緒所許的願望，是終止家裡兩個男人跟同一個女人往來的荒唐現實，那麼這願望算是實現了。只不過，奈緒永遠不會知道這願望是在何種情況下實現的。

就這樣，我進了大學，開始在東京過生活。

這是我人生第一次過獨居生活，也是大學生活初體驗，第一次見識東京熱鬧的老街、小酒館、二十四小時營業的卡拉ＯＫ店，但這一切都沒辦法讓我興奮。對我而言，這個世界已缺乏真實感。我的每一天，就像是坐在一個人都沒有的戲院裡，看著名為《我的人生》的枯燥電影。過去的那個我，那個為了某些事情會感動不已的自己，是沉睡了，或是早已離我遠去，消失在某個看不見的角落。我不再追求不著邊際的夢想，也不再天馬行空地幻想不可能實現的未來。從前那些歲月，沒有在我身上留下一丁點殘骸。

大學生活進入了第二年，這個夏天除了炎熱之外，幾乎沒有留下任何深刻的回憶。有的只是冷氣壞掉的教室、朋友間的無聊笑話、以及在公寓裡隨手翻閱的打工情報誌。那段期間，社會上發生不少事情，宗教團體蓄意散布毒氣、日本第一個女太空人搭上太空梭、青森縣的遺跡裡有不少繩文時代的古物出土。但當我在房間裡看了這些新聞，也只像是看了枯燥電影裡的新聞，打個呵欠便全忘了。我不再對社會及世人感興趣，也不像以前一樣把自己的形象當成天大的問題。這一年多來，我在無聊、平凡與頹廢的日子中尋求逃避。不管是對自己或對他人，我都是個派不上用場的廢物。這樣的怠惰生活不知不覺化成我的中心思想，讓我永遠沉浸在溫水之中，不想有任何作為。

然而就在七月底，發生了一件小事。

這件小事完全改變了我的生活。

靠著父親給的生活費，我在離大學十五分鐘路程的地方租房，那是一棟兩層樓公寓，我的房間雖然是在一樓角落，但只要爬上外側樓梯，向遠方眺望，就可以看見一大片樹林及更遠處的谷中靈園（註）。公寓的屋齡並不算老，但蓋得偷工減料，每當有大型車輛通過外頭的馬路，房內地板就會跟著震動。隔壁鄰居講電話，十之八九的內容都聽得到。我那間房的隔壁原本住個學生，但在春天時搬走。大約有三個多月的時間，那房間一直空著。直到七月接近尾聲時，才有人搬進來。我還記得搬家那時我正坐在桌前，以手托腮，溫習著期末考要考的範圍。

搬家作業才剛結束，新鄰居馬上按了我房間的電鈴。那個男人身穿T恤及牛仔褲，還帶著一身汗臭味。他敷衍了事地跟我客套兩句，忽然問我郵局怎麼走。我把郵局的位置說明一遍，那男人或許是覺得太遠了，一臉慵懶地說了句「明天再去好了」。接著他一屁股坐在房間門口，從口袋中掏出乾癟的Seven Stars菸盒。

「介不介意我抽根菸？」

「我沒菸灰缸。」

「我用這個空罐就行。」

我的房門口有個咖啡空罐，原本我打算在垃圾回收日拿去丟。新鄰居將空罐拿到身旁，點燃了菸。這個人看起來不像學生，年紀大約二十五，不，或許超過三十也不一定。他的聲音跟舉止都像個年輕人，但枯瘦的臉上有不少皺紋。一頭披在腦後的亂髮看起來又乾又粗，或許是體質的關係，還夾雜不少白頭髮。

「你不抽菸？」

「不抽。」

自從一年半前奔出智子房間的那天後，我沒再抽過菸。算起來我抽菸的日子只有短短不到兩個月。

註：東京都台東區的都立墓園。

「這附近好像有不少貓。」

「是啊，都是野貓。」

「貓塚就是在這附近嗎？」

「什麼？」

「貓塚。就是假名垣魯文（註）建的貓墳墓。他是明治時期戲作文學的作家，寫了《西洋道中膝栗毛》什麼的，你沒聽過？」

「沒有。」

「你不是文組？」

「我是理組。」

這新鄰居一副和我很熟似地，一邊抽著菸，一邊以指尖敲打著節拍，不時還伸手到腋下抓癢。他心滿意足地將最後一口菸吐向天花板，終於站起來。臨走之前，他又問了一次郵局怎麼走。

直到他離去之後，我才想起他根本沒報上姓名。後來我查看隔壁房門口的牌子，上頭貼了片膠帶，寫著「田西」兩字。那是簽字筆的字跡，寫得歪歪斜斜。我不知道這姓氏應該讀作「TASAI」還是「TANISHI」。雖然是個滑稽的怪姓氏，但還沒到真讓我笑出聲的程度。

那天晚上，我聽見隔壁傳來的嬌喘聲。一開始，我以為鄰居在看A片，淫聲浪語，幾乎跟A片沒什麼兩樣。

我本來在準備考試，聽見這聲音不禁轉向牆壁望去。那姓田西的鄰居不知用了什麼技巧，女人的歡愉聲竟然愈來愈響亮。嬌呼之中，不時還夾雜著田西的細語呢喃。這聲音並沒有讓我感到興奮，反而讓我想起智子，心情變得格外沮喪。我聽著牆上斷斷續續傳來的女人聲音，靜靜嘆了口氣。

智子不知過得如何？她現在在做什麼？是否還住在那棟公寓裡？是否曾想起我？——我不認為她跟乙太郎還維持著那種關係。既然知道綿貫家的火災只是意外，她沒理由繼續任憑乙太郎玩弄身體。如今智子的房裡，或許已經有另一個讓她願意敞開心房的男人。一想到這，我的心便七上八下的。全都怪隔壁聲音擾亂我思緒，我要自己別再去想智子了。這一年半的時間，終於讓我學會控制自己的思緒。

電話響了。

註：1829～1894年，日本明治時期著名的「戲作文學」家，擅以反諷筆調描繪社會現況。

隔壁似乎也聽見電話聲，頓時安靜下來。過了一會兒，才傳來田西的竊笑。看來他終於察覺這屋子的牆壁很薄了。

「……喂？」

「阿友？我是媽媽。」

自從搬到東京生活後，母親開始以打電話代替寫信。我住在乙太郎家那些年，她不曾打電話給我，原來不是因為感到自責，而是單純不想打擾奈緒與乙太郎。明白這點後，我有些開心，卻也有些無奈。所以一開始接到母親電話時，我總會覺得有點不耐煩。但久了之後，已沒有什麼特別的感覺。

「媽媽……決定答應了。」

母親的語氣突然變得相當認真。

「那很好。反正那個人不錯。」

「嗯，他人不錯。」

在入夏前不久，母親被一個工作上認識的男人求婚。據說那個人比母親大十歲，同樣離過婚，但沒有小孩。

「這麼一來，經濟狀況也會改善。」

母親訕訕地笑了。我想她應該是喜歡上那個男人了吧。母親變得像個談戀愛的少女，這雖然讓我產生一點難以形容的反感，但只要一想到她過去吃了那麼多苦頭，我也甘願地收起心中這一絲絲的嫉妒心。

我問母親何時舉辦婚禮，她笑得更加開懷了。

「傻孩子，我們這把年紀，哪會辦什麼婚禮。」

「已經跟那個人說了嗎？」

母親沉默不語，我只好接著解釋：

「我指的是爸爸。」

又過了半晌，我才聽見母親的回答。

「我不打算說。阿友，如果你跟他談起這方面的事……」

「不可能有那一天。」

我打斷母親的話。

「我們幾乎不見面，也不打電話。除了每個月給我生活費外，那個人跟我沒交集。」

「是嗎……」

母親今天是特地來說好消息的，我不想因為提到父親而把氣氛弄僵，趕緊改變話題。

「下次介紹那個人給我認識吧。」

「好，我會跟他說。」

「我會去找你們。」

「不如我們去找你吧？我想順便看看你的房間。」

「都好。」

其實對我而言，讓母親來東京比較好。因為如果是我過去母親的城市，從東京搭電車的途中勢必會經過那漁港小鎮。一旦離智子那麼近，難保我不會一時衝動，下車到她的公寓找她。如今我好不容易逐漸學會控制自己的心情，我不想再變得跟從前一樣。

「過一陣子，我會再打給你。」

隨口又聊了兩、三句後，母親掛了電話。我上了個廁所，回到矮桌前坐下，隔壁竟又傳來女人的浪叫聲。他們明明知道牆壁很薄，聲音卻比剛剛還大。

（二）

隔天是星期六。這天從一大早便下起大雨。

我在悶熱的教室裡上完枯燥的課，到便利商店買了泡麵當午餐。走回公寓的路上，雨勢轉弱，視線上，只有以蒼鬱的行道樹枝葉為背景時才能隱約看出細細雨絲。當我走到谷中靈園附近時，聽見蟬鳴；當看到公寓出現在前方時，雨已完全停了。吸飽水的柏油路面散發出獨特的味道，天空的烏雲迅速消散，隨之透出耀眼的光芒，前方路面變得又白又亮，散發出夏天的氣息。

「咦？」

就在我拿出鑰匙開門時，隔壁的門突然開了。

「上課回來了？」

「嗯，今天只有上午有課。」

我正要走進房內，忽然想到一件事，轉頭說道：

「TANISHI先生。」

「我叫TASAI。（註）」

「抱歉，TASAI先生。我跟你說，這公寓的牆壁很薄。」

「你聽見了吧？」

田西露出色迷迷的笑容。

「是啊，聽見了。如果可以的話，能不能……呃……」

「再淫蕩一點？」

我跟這人難以溝通的程度，嚴重到讓我不禁懷疑他根本在裝傻。但看他的表情，卻又不像刻意裝傻的樣子。

「不是的，我過幾天就要考試了……」

我只好把話說得更白一些。田西一聽，錯愕地伸長脖子。

「我以為你想聽，才故意叫她喊大聲點呢。」

「我一點也不想聽。」

「原來如此，抱歉。」

田西對我雙手合十道歉。這個人的直來直往，實在令人難以招架。

「以後不會再犯了，對不起。」

「沒關係。」

我朝他微微鞠躬，正要走進房間，略一思索，又回頭說道：

「你故意叫女朋友喊大聲點？」

「什麼？」

「你剛剛不是說，你故意叫女朋友喊大聲點？」

「那不是我女朋友，是外賣的小姐。」

「什麼意思？」

我是真的不懂才詢問，但田西卻表情誇張地瞪了我一眼。他喊著「少裝清純了」，還用手指戳了我一下。但他似乎察覺我的神情是認真的，旋即輕咳一聲，跟我解釋何謂「外賣小姐」。不但如此，他還向我說明收費方式、行情及貨色等等。「貨色」這字眼是從田西口中說出來的，當時我無法理解男人花錢做那種事的心態，田西看我興致缺缺，反倒不知如何是好。

「對了，你有姊姊或妹妹？」

註：日本人的姓氏，同樣的漢字可以有很多念法，「田西」可念作「TANISHI」，亦可念作「TASAI」。

「為何突然這麼問？」

「昨晚你在電話中，不是提到結婚什麼的？」

「你聽見了？」

「我教你，只要這麼做，就可以聽得一清二楚。」

田西舉起右手手掌當牆壁，將耳朵貼在上頭。事後想想，我當時竟然沒有動怒，實在不可思議。田西這人真有些古怪。

「是我母親。她離了婚，最近要再婚了。」

「噢，那很好呀。」

田西開朗地笑了。不知為何，他這反應讓我感到心情輕鬆不少。或許母親再婚一事，原本多少讓我感到有點難以啟齒吧。

「好了，我得去買個東西。」

田西慢條斯理地跨出修長雙腿，走了幾步，突然又回過頭來說：

「對了，雖然我剛搬家，你也不能叫我TANISHI呀，真是太過分了。」

我鞠個躬，但一頭霧水，不明白田西這麼說是什麼意思。數年之後，我在書上讀到「田螺搬家」這句俗語，意思好像是形容「搬家時行李很少」。這時我才恍然大悟，「TANISHI」的意思正是田螺。

那天晚上，我想起小時候讀過的書《小王子》。

田西是長野縣人，目前靠打工維生，一邊到處打零工，一邊朝小說家之路邁進。關於他的事情，我之所會知道得這麼清楚，是因為那晚他拿著啤酒來我房間串門子，對著我絮叨個不停，霸占了我準備考試的時間。

「所謂的小說，若不能與現實接軌，是沒有任何意義的。對吧？」

「你指的是私小說（註）嗎？」

我剝著手指上的乾裂皮膚，隨口敷衍眼前這個不識相的新鄰居。

「什麼小說都一樣。凡是能流傳後世的好小說，即使是幻想風格的作品，也一定有著與現實接軌的部分。對吧？」

每當田西喝醉酒，就會把「對吧？」這句話掛在嘴邊。

「例如說呢？」

「例如《小王子》。」

註：「私小說」是日本近代小說的形式之一，以作者的親身經歷爲題材，著重內心世界的描寫，亦稱「心境小說」。

我想破了頭，也不明白《小王子》有哪一點跟現實接軌了。小時候，我曾在小夜與奈緒的房裡讀過這本書。如果我沒記錯的話，那是個眼睛像兩顆豆子的奇怪王子旅行各種星球的故事。我對這本書的唯一印象是字太多了，不愛看書的我，可說是咬緊牙關才翻完最後一頁。

——想著想著，我忽然產生一個疑問。

為什麼我會讀這本書呢？

逸子伯母是個很愛看書的人，買了很多書放在小夜與奈緒的房裡。當時我一天到晚進出那房間，卻從不曾碰過那些書，因為我對書沒興趣。為什麼唯獨《小王子》這本書吸引我的注意？

「……是那條蛇。」

「什麼？」

「沒什麼。」

對了，我想起來了。

當初是奈緒將這本書從書架上拿下來。

——這是什麼？——

奈緒出了個問題考我。她翻開《小王子》的其中一頁，以笨拙的姿勢遮住文字，只讓我看上頭的圖畫。

——幽浮？——

這是我的第一個反應。接著我又猜想那或許是頂帽子。那是一幅相當簡單的畫，看起來就像一頂茶褐色草帽的側面圖，只是帽頂有些凹陷。

奈緒說我猜錯了。接著她得意洋洋地說出正確答案。

——答案是正在消化大象的巨蟒。——

當時我年紀太小，「消化」跟「巨蟒」都是我沒聽過的單字，我聽到這答案反而更糊塗了。奈緒似乎早已猜到我會有這種反應，主動向我解釋「消化」是在肚子裡溶化食物，「巨蟒」是一種非常大的蛇。

——妳怎麼會知道這些？——

——姊姊告訴我的。——

當時小夜正趴在雙層床鋪的下鋪，讀著兒童版的植物圖鑑。她聽到我們提起她，卻沒有抬頭看我們，依然面無表情地靜靜翻著眼前的書本。當時她大概是國小四、五年級，臉上還沒有包繃帶。「消化」跟「巨蟒」這些字的意思，她大概也是向逸子伯母或乙太郎問來的。

「喂，你是不是沒在聽我說話？」

「我很認真在聽。」

其實我沒在聽。

「總而言之，某個人根據現實寫出了小說，如果另一個人加以模仿，也寫出一本小說，那就跟某間麵包店做了麵包超人（註一）的紅豆麵包一樣。對吧？」

田西看了我的反應，似乎也明白我對這話題沒興趣，他打了個大呵欠，站起來。

「我回去了，謝謝招待。」

他拿起兩個三百五十毫升的啤酒空罐，走出房間。我什麼也沒招待他，那啤酒是他自己帶來的。我看著田西的修長背影消失在門外走廊上，不禁佩服這個人對小說的熱誠。但不知為何，我總覺得他一定當不成小說家。

這段日子以來，我的生活就像把舊報紙一張張疊起來一樣，日復一日枯燥無味，田西的出現帶給我不小的刺激。雖然他在期末考前打亂我的生活步調，但老實說我並不討厭這種感覺。

隔天是星期天，上午我一直待在房間，背著自己的上課筆記，以及向朋友影印來的筆記。房間雖裝了冷氣機，但我即使在夏天，也極少開冷氣，總是打開窗戶通風。小時候跟父母一起住的房子有冷氣機，但乙太郎家沒有，或許是因為這緣故，我只要一吹冷氣就覺得全身不舒服。

這天，蟬叫聲吵得令人心煩。

下午一點，我正打算出去買便當，電話突然響起。

「……現在有空嗎？」

是奈緒。

這並不是她第一次打電話給我。在這之前，她已打過兩、三次了。她每次打來，聊的多半是些雞毛蒜皮的瑣事。例如東京的冬天是不是比較溫暖、發情的野貓吵不吵、有沒有吃過椰果、泰國米好不好吃（註二），諸如此類。奈緒明年就要考試，因此問了我不少關於大學生活的細節，但我能跟她說的並不多，最後話題還是回到食物、季節及野貓上。

我像往常一樣跟她閒聊了一會兒，突然想把田西的事告訴她。這位新鄰居是我枯燥大學生活中少數值得一提的插曲。但我轉念又想，如果跟她說隔壁常常傳來女人叫

註一：「麵包超人」是日本相當出名的卡通人物，原作者爲漫畫家柳瀨嵩。

註二：一九九三年日本因冷夏的影響造成稻米產量不足，因而向泰國輸入大量泰國米，在社會上蔚爲話題。

春的聲音，她聽了或許會覺得不舒服。就在我遲疑不決的時候，奈緒已先提出新話題。

「我跟你說一件事，但你別想得太嚴重。」

她還沒進入正題，已事先這麼提醒。接下來她說出口的，當然不會是好消息。

原來最近乙太郎的酒量變大了，讓她很困擾。

「爸爸每天晚上都喝很多酒，雖然不會發酒瘋，但我很擔心他的健康。」

「他一天喝多少酒？」

「我沒仔細算過，但比以前多很多。一升裝的日本酒，一下子就喝完了。」

「他受了什麼打擊嗎？」

我的腦海中浮現了智子的臉。但我還來不及細想，奈緒已經打斷我的思緒。

「大概是因為我說想去東京念大學吧。」

奈緒這句話讓我有些意外。過去她從未提及想念哪間大學，我一直以為她會選擇離家近的學校。我從沒想過奈緒會選擇拋下乙太郎，獨自到東京念書。

「妳想考東京的大學？」

「嗯，我將來想在東京工作。」

聽她這口氣，似乎不是臨時起意。

「妳從何時開始有這樣的打算？」

「很久以前。既然要在東京工作，大學還是在東京念比較好。」她淡淡地說。

「報名了嗎？」

「還沒。報名是十月之後的事。」

奈緒沉默片刻。話筒中沒有傳來任何聲響。

「伯父最近工作狀況如何？」

「這點不用擔心，他每天都很認真工作。」

今天是星期日，應該是乙太郎最忙碌的日子。

「這麼說來，他只是酒量變大，其他沒什麼改變？」

「不，變得可多了，簡直像換了一個人。他現在回家，已很少打開電視，總是一個人垂頭喪氣地喝悶酒。」

「哦……」

我想，大概是奈緒說要來東京念大學，乙太郎覺得寂寞吧。這樣的心情我不是不能體會，但即使那件事過了一年半，我還是沒辦法對乙太郎產生任何同情。從我國中二年級開始，我與乙太郎一同生活了整整四年，但如今殘留在我記憶中最鮮明的畫面，依然是在智子家門口看見的那個醜陋的乙太郎。

「我知道這麼做會讓爸爸難過，但我有自己的人生要走……」

奈緒這句話還沒說完，語氣中已漸漸喪失自信。就好像一顆原本已經夠乾癟的氣球，又被抽掉大量空氣。

奈緒在電話另一頭突然提到《小王子》。一時之間，我不禁懷疑我曾跟她提過昨天那關於蛇的回憶。當然這一切只是偶然。

「我看爸爸那模樣，想起小王子遇到的那個酒鬼。你還記得嗎？」

「酒鬼……」

我略思半晌，便想起來了。小王子在各星球旅行途中，確實曾遇見一個抱著酒瓶的醉漢。那一頁的角落，畫著那個醉漢的模樣。我只記得那醉漢雖喝得滿臉通紅，但表情卻非常憂鬱，除此之外，我什麼也想不起來。小王子在那星球上做了什麼？我想了又想，他好像什麼也沒做，只是跟酒鬼說了一些話。

「小王子在故事裡不是問酒鬼為什麼喝酒嗎？」

「嗯。」

我含糊應答。

「酒鬼說，為了忘記一件事。小王子又問，為了忘記什麼事……」

我聽到這裡，不禁「啊」了一聲。

沒錯，我想起來了。

——你為什麼喝酒？——

——為了忘卻。——

——忘卻什麼呢？——

當年的記憶再度回到我的腦中。小王子與酒鬼的對話是這樣的：

——為了忘卻我的羞愧。——

——你羞愧什麼呢？——

我記得酒鬼接下來是這麼說的：

——我羞愧我喝酒。——

酒鬼接下來沒再開口，小王子帶著疑惑離開了。

「上面這麼寫著……『小王子在旅途中想著，這些大人真是奇怪』……現在那本書就在我眼前，我正翻開那一頁。」

「妳看見伯父的模樣，想到這個故事？」

「嗯，是啊……」

奈緒的口氣有些無奈。她輕嘆一聲，沉默片刻，突然換了另一種口氣說：

「對了，你夏天想不想去海邊玩？」

我聽出奈緒的聲音不再帶有回音，猜想她或許是將頭探到窗外。

「妳在二樓？」

「嗯，我用分機打電話。」

從二樓的兒童房向遠處眺望，大海可以一覽無遺。夏天時，大海的盡頭總是堆滿雪白的卷積雲。

「我不想去海邊，麻煩死了。」

「大學什麼時候期末考？」

「明天。我正在念書。」

「考完之後……蒼蠅。」

「蒼蠅？」

「嗯，窗框上有隻死蒼蠅。」

「哦……那裡常常有死蒼蠅。」

小時候，我常幫她們將蒼蠅乾枯的屍體捏起來丟向窗外。雖然以手去摸蒼蠅屍體的感覺實在很噁心，但為了在小夜及奈緒面前表現男子氣概，也只好硬著頭皮做了。

「對不起……我要說的是考完之後，是不是就放暑假了？」

「是啊。」

奈緒再度陷入沉默。這次的時間特別長。

「要不要回來看看？」

奈緒這句話雖然簡短，但背後似乎有著無盡深意，那聲音讓人聯想到從手掌中徐徐流洩的細沙。

「去探望乙太郎伯父？」

「我不是那意思，只是想到好久沒見了……」

平常個性堅強的奈緒，此時流露出徬徨無助的一面。我很想幫她，但我不知道怎麼幫。乙太郎整天借酒澆愁，是因為知道奈緒要來東京念大學的緣故。我就算回去了，又能做什麼呢？若是以前我還可以當個聽眾，任憑乙太郎訴苦；或像朋友一樣拍拍乙太郎的肩膀，笑著要他打起精神。——但現在不可能了，乙太郎跟我已經無法回到那樣的關係，至少對我而言是如此。隨著時間，我對乙太郎的心情確實有了些變化。此時我的心情就像年輪一樣，雖然有個中心點，卻已無法明確指出那個點在哪裡。然而那土壤下的樹根還在我心中盤根錯節，從沒有放鬆的一天。

「偶爾回來看看吧，若你不想見爸爸，不見也沒關係。」

我遲疑許久，最後還是選擇跟奈緒道歉。

「我這邊還有不少事要忙，大概不會回去吧。」

我隨口搪塞了兩句，便掛斷電話。一隻小蝗蟲停在紗窗上，正以看似狡猾的一對眼睛望著我。這一天的對話，就好像腳底不小心踩到的飯粒一樣，一直黏在我身上，讓我遲遲無法釋懷。

（三）

期末考歷時六天，其中有三天，田西跑到我房間來打擾我念書；剩下的三天中，有兩天隔著牆壁傳來女人的喘氣聲。雖然聲音比之前小了一點，但依然可以清楚地聽出激烈的程度。換句話說，整個考試期間，我只有一天得以清閒。不過我還是考得不差，雖然成績還沒公布，但應該不用擔心會被當。

「為什麼你房裡傳來的女人聲音，每次都像同一個人？」

「因為每次都是同一個人。」

考完試的隔天，也就是放暑假的第一天，我跟田西一起搭上電車。從離公寓最近的日暮里站，到目的地鶯谷站，搭山手線只有一站，移動時間只有短短兩分鐘。

「你每次都指名同一個人？」

「對，我都指名小綾，這當然不是本名。咦？小友，你也知道什麼是指名？」

不知從何時開始，田西總是叫我小友。

「嗯，這點常識我還有。」

「我們現在要去的店，可以看照片指名，你可要好好選。不過照片跟本人常常差很多，實際見了面，才發現是大怪獸。」

田西毫不在乎其他乘客的目光，不但張口大笑，還哼起臨場感十足的「哥吉拉」（註）主題配樂。

我們要去的地方是風化場所。不對，不是我們要去，是田西硬拉著我去。

「田西哥，你真的不必向我賠罪……」

這不知是我第幾次婉拒了。田西說他不該在我考試期間打擾我，為了賠罪，他說要帶我去風化場所，由他出錢請客，讓我「體驗人生」。

註：「哥吉拉」是日本東寶電影公司拍攝的一系列著名怪獸電影，第一集在一九五四年上映，堪稱日本所有怪獸電影的濫觴。美國好萊塢在一九九八年翻拍過一部，在台灣上映時譯名改爲「酷斯拉」。

「別客氣、別客氣。」田西像趕蒼蠅一樣揮動手掌。「我昨晚真的反省了。我不該在你考試的緊要關頭一直打擾你。今天你一定要讓我請客，這也算是我的小小見面禮。」

這人不知已拿著啤酒罐闖進我房間多少次，此時才送見面禮，未免太遲了點。

「但為什麼選那種地方？」

「昨晚公寓後頭的發情野貓不是叫得特別大聲嗎？我聽到那聲音才醒悟，要讓你開心，只有這個辦法了。」

「但是……」

「不用客氣、不用客氣。」

我不是客氣，是真的不想去。我並非對風化場所沒興趣，其實我腦袋有一半已興奮得不能思考。我的心臟噗通亂跳，胸口內側像有一壺滾水在沸騰。但不管再怎麼興奮，我還是不想去，並不是因為我膽小害怕，而是因為自從田西拉著我走出公寓後，我的腦中就不斷浮現智子的臉。我用盡各種辦法，也無法將之抹除，或許這是我第一次嘗到「不死心」的感覺吧。我總覺得不管是不是用買的，只要我跟女人發生關係，智子也會如同我的擔憂，與某個男人發生關係。當然，我知道這只是毫無根據的臆測。

田西看了一眼手表，說道：

「糟糕，過十二點了。漲價一千圓。」

「價錢會隨時間改變？」

「沒錯……到了。」

星期日的中午，月台上隨處可見攜家帶眷的乘客、駝背的老夫妻、以及背著書包的小學生。我們穿過人群，朝應召站走去。天空萬里無雲，田西帶我走進一條狹窄但明亮的巷道。我低著頭前進，感覺後頸被太陽曬得發疼。影子映在白得刺眼的地面上，每一根頭髮都照得清清楚楚。

「你加油吧。」

田西帶我彎過兩個轉角，走到店門口，突然對我這麼說。

他從錢包中掏出幾張鈔票，塞進我手裡。

「……田西哥，你呢？」

我還以為他會跟我一起進去。

「你別嚇得跟什麼一樣。照店員的說明去做，就不會有問題。我會在對面的麥當勞等你。」

田西笑著在我背上推了一把。路上一個穿著燈籠褲的中年老伯對著我訕笑。我無可奈何，只好順勢推門入內。

一進店內，一個身穿白色襯衫，打了條素色領帶，年約四十歲左右的店員滿臉堆笑地走過來。他的笑容讓我覺得自己被當成傻子。我板著臉，在店員的帶領下走向櫃檯。店員將五張上了膠膜的照片擺在桌上，照片上的女人有的扠腰擺頭，有的蹲坐在地上，有的歪著腦袋凝視鏡頭。店員伸出兩根手指，在其中一張相片上一拍，說道：「這個最優。」我一聽，立刻伸手指了另一張相片。其實我根本沒看清楚長相，只是店員口中的「最優」讓我有種很不舒服的感覺。所謂的「最優」，或許意味著「身經百戰」。

「那個要等一個半小時，這個完全不用等。」

店員再次向我推薦剛剛那個「最優」的小姐。我搖搖頭，又指了一次我選的照片，說道：「我就要她。」其實我只是想盡量拖延跟小姐見面的時間。

店員報上金額，跟田西剛剛交給我的錢完全吻合，不多也不少。

「這裡是等候室，廁所在那邊。」

店員引著我走進等候室。那房間裡有電視及菸灰缸，還有大約十張折疊椅凌亂地隨處擺放著。裡頭共有三個客人，一個是身穿西裝，看來和我同輩的年輕人；一個是身穿T恤，手臂粗得嚇人，皮膚曬得黝黑的中年人；一個是彎腰駝背，幾乎沒有存在感的瘦弱男人。三人巧妙地坐在不會與他人視線相交的座位上。我一走進房間，三人都故意將頭轉向電視。房間滿是二手菸的煙霧，彷彿每次呼吸，都是將其他男人吐出來的氣直接吸進肺裡。我神色緊張地坐在角落，低頭看著自己的牛仔褲的膝頭部位。偶然間，我想起剛剛看見的那五張照片。我所選的小姐，似乎是五人中特別美的一個。

大約二十分鐘後，店員走進來喚道：「坐在後頭那位穿西裝的先生。」那人站起來，隨店員走出去。

事後我曾對田西提起這件事，他告訴我：「小友，你那天選的那個才是『最優』的。」

正因為受歡迎，所以才必須等上一個半小時之久。但是站在店方的立場，必須提高客人的流動率才能賺錢，因此店員才故意對我這個生客推薦沒什麼人願意指名的小姐。我聽田西這麼一解釋，也覺得頗有道理。

我坐在等候室角落，滿腦子想的全是智子。我並未預料到，我會對那個好不容易淡忘的人又再如此牽腸掛肚。智子跟陌生男人接吻、擁抱的畫面不斷在腦海重演，我開始憎恨將我帶來這裡的田西。

我一走上麥當勞的二樓，便看見田西與高采烈地朝我揮手。

「如何？順利嗎？」

我點點頭。

「還是專業的好，對吧？」

「……嗯。」

我說謊了。我的口袋裡正塞著店員還給我的紙鈔。

當我走出等候室時，櫃檯裡的店員一臉疑惑地對我露出職業性笑容。我不敢看店員的眼睛，低聲說道：「我突然想起有事……」店員聽了，向我嘮嘮叨叨說了一大堆，語氣中帶著一半困惑及一半不耐煩。我根本不記得店員說了什麼，只記得自己的身體有如沉浸在一池名為悲傷的冰冷泉水中，胸口濕漉難耐。一半是為了智子，一半是對倉皇逃走的自己感到窩囊。店員走進櫃檯旁的門內，在裡頭不知做了什麼，不一會兒走出來，將錢退還給我。他沒有咂嘴，但那表情似乎隨時會咂嘴。我接過紙鈔，走出店外。

「要不要吃點東西？不過你得自己付錢了。」

「不用了。」

最後我還是沒有對田西說出實話。

隔天晚上，我才得知那個小綾跟田西是青梅竹馬。他以「反正你考完了」這莫名其妙的理由闖進我房間，還帶了四罐啤酒，其中兩罐是給我的。

「……你沒開玩笑？」

「千真萬確。」

田西喝著啤酒，說得輕描淡寫。我也拿起啤酒罐喝了一口。

「我指名她，可以減少她被其他男人指名的時間，還可以增加她的收入。這叫一石二鳥，對吧？」

大約兩年前，田西打電話到應召站叫小姐，對方問田西喜歡什麼樣的類型，田西描述了體形與長相。應召站派來的小姐，正是小綾。這當然不是本名，但田西從頭到尾都這麼叫她，我一直不知道那小姐到底叫什麼名字。

「她化了妝，我一開始沒認出來。一聊之下，才知道她跟我是同鄉，年紀也相同。我的家鄉在長野縣北邊，她也一樣。這時我才想到，她搞不好是小時候認識的那女孩……」

那是一個位於戶隱山山麓的小鎮。小綾與田西的家住得很近，兩邊的雙親也熟識，從小兩個家庭便常有往來。小學、國中時兩人念同一間學校，直到高中才不同。

上了高中不久後，小綾因父親工作上的關係而搬家，從此失去聯絡。

「我一問，她也認出我了。天底下竟有這麼巧的事情，對吧？小綾從前是很清純的女生，我真的覺得對她很抱歉。後來我問她為什麼要做這行，她說是為了還債，只好下海賣身。如果做一般的工作，根本還不完。」

「她到底欠了多少錢？」

「剛開始說是將近一千萬，這陣子做下來，大概也沒還多少吧。」

這金額比我預期的來得多。

「她怎麼會……」

「我不知道。她不肯說。」

我還沒問完，田西已回答了我的問題。他喝了一大口啤酒，低著頭重重嘆口氣。

「等我實現夢想，成了真正的作家，我要一口氣幫她還清債務，就像古代人幫吉原藝妓（註）贖身一樣。」

這種話聽在我這學生的耳裡，簡直有如天方夜譚。

「你是認真的？」

「一點點。」

我不知道該說些什麼，又怕場面變得凝重，只好隨口說了一句「真是段佳話」。

田西沒有回應，似乎是沒聽見。牆壁內傳出嘶嘶聲響，不知是住在哪個房間的人開了水龍頭。

「我其實不想花錢要她跟我做那種事，但她總是說，『被治夢指名是我最期待的事，不但可以不用應付其他男人，還可以見到懷念的治夢』。所以我為了讓她開心，一有錢就會指名她。」

這時我才知道田西的全名。他的名字實在有點好笑。

「小友，你說這是佳話，我一點也不認為。」

原來他聽見了。

「天底下哪有這種做得心不甘情不願的佳話，對吧？我連說出來，都覺得心情鬱悶。」

田西手中的啤酒罐被他捏得發出聲響。

「你一定在想，與其指名小綾，倒不如直接將錢給她，對吧？但是這麼做，沒辦法減少她被其他男人玩弄的時間。」

田西嘆口氣。他手中的啤酒罐再次發出「啪」的一聲輕響。

註：吉原是日本地名，在幕府時代是著名風化區，位於如今的東京都台東區。

雖然我跟田西已在我房間裡喝了好幾次啤酒，他還帶我去了鶯谷，但我們畢竟才剛認識不久，說真的我依然認為自己跟他不熟。因為不熟，對他而言或許是痛苦煎熬的處境，在我這局外人眼中看來就只是「佳話」而已。所謂的佳話，就是心裡有點感動，但不太關心結局的平凡故事。

青梅竹馬這字眼，讓我想起了奈緒。我試著想像，如果當年念國中時，我隨著父親搬到東京，數年後像田西的那種情況與奈緒重逢的話……

想到這裡，我不禁笑了出來。奈緒那個人絕不可能從事色情行業。

田西沉默了好一會兒，我的思緒逐漸從奈緒轉到智子身上。

——女人的心真是難以捉摸。——

智子在回憶她母親時，曾說過這麼一句話。智子在長大之後，如何看待這讓她小時候百思不解的現象呢？智子的心是否一樣難以捉摸？與智子相處的那段日子，我完全無法理解她在想什麼。因為無法理解，所以非常痛苦。對當時的我來說，智子是全天下最複雜的女人。但事後回想起來，卻又覺得智子其實非常單純，那是一種不知該如何形容的感覺。或許正因如此，從第一眼見到她，我就對她抱有恐懼。其實不管是小夜也好，智子也罷，或許都很單純。乙太郎曾說過，人就像毛豆一樣。但人心若能像毛豆一樣輕輕鬆鬆剝開來看，不知該有多好。若是如此，這世上絕大部分的問題，或許從一開始就不會存在。每個人都能選擇自己的人生，不被他人左右。

「其實都是假的。」

「……咦？」

田西突然冒出這句話，讓我瞬間一頭霧水。

「哪部分是假的？」

「我也不知道。」

田西歪著腦袋，訥訥地說道：

「什麼期待被我指名，什麼不想應付其他男人……小綾對我說這些話，或許都是假的。」

田西垂首露出自卑、令我不忍卒睹的表情，雙眼往上吊地笑了。一瞬間他的那張臉讓我想到乙太郎，明明我從未見過乙太郎露出像這樣的表情。

或許這個人也是《小王子》中的「酒鬼」吧。他花錢指名小綾，正是因為他厭惡、擔憂、鄙視、懷疑這樣的行為。

「好想回到你這年紀，重新過一次人生。」

田西的年紀明明沒大我多少，卻說出這樣的話。他手中的啤酒罐再次發出聲響。那啤酒罐已嚴重扭曲變形，雖然裡面的啤酒還沒喝完，但看起來已像個垃圾空罐。我猶豫著，不知該不該把昨天在鶯谷臨陣脫逃一事據實以告，將錢還給他，好讓他多見小綾一次，但我最後還是說不出口。

「人不能只是渾渾噩噩地活著，不能只是存在於這世界上。我們一定要找到能讓自己脫胎換骨的人生目標。我向來是這麼認為。沒錯，一定是這樣。」

田西或許是醉了，說的話愈來愈沒有脈絡可循。他靈巧地將啤酒從扭曲的罐子倒進嘴裡，自顧自地搖頭晃腦，望著什麼都沒有的天花板。啵的一聲輕響，他張開疲軟無力的雙唇，一臉茫然若失。

（四）

田西離去之後，我躺在棉被裡，凝視著陰暗的天花板。此時我滿腦子全是智子的身影。我還記得之前在乙太郎家喝啤酒的那晚，我以同樣的心情思念著小夜。當時我還未偷偷潛入綿貫家的地下，也還不曾聽過智子的聲音，只是偶爾在堤防上看見她騎著白色腳踏車由左至右通過濱海道路。她那看似柔軟的秀髮，總是隨風搖曳。

隔天早上醒來後，由於無事可做，我繼續想著智子的事。吃完早餐，就是等著吃午餐，一整天就在等待肚子餓之中度過。天黑了，就鋪床睡覺。隔天早上醒來，又以同樣的方式渾噩度過一天。到了第三天晚上，田西又跑來串門子，讓我沒辦法繼續沉浸在感傷中。

他跟我提到這麼一件事。

「做那行的小姐，背後都有一些祕密。」

「那是當然的吧。」

「有的像小綾一樣欠了一大筆債，有的是為了替老公還債，有的從前當過褓姆，有的身上有刺青……」

「身上有刺青，還能被雇用？」

我跟田西之間放著他帶來的四罐水果氣泡酒。這次他帶來的不是啤酒，或許是為了靠這變化來減輕我的不耐煩。他仰頭喝了一罐，以鼻子打了個嗝，搖頭晃腦地說：

「這得看長相。小綾說，就算身上有刺青，只要臉跟身材不差，還是能被雇用。她還說，之前店裡有個小姐，身上到處是傷痕呢。不過，聽說那小姐後來跳槽到別間店去了。」

「傷痕……」

我想起唯一一次與智子發生關係那天，我在她身上看到的那些傷痕。

「小綾說，那個小姐的肚子及大腿上到處都是細小的傷疤，好像被什麼東西劃過一樣，真不曉得那些傷痕是怎麼來的。」

我看著田西的臉，驚愕地忘了呼吸。此時我的表情，或許就像手掌不小心壓在一面薄薄的鏡子上。

「小綾說，她是在休息室裡看那小姐換衣服，才知道那小姐身上有那麼多傷痕。那小姐不但身材苗條，而且皮膚雪白，臉蛋也長得漂亮。如果長相醜，身上又有傷的話，恐怕就很難被雇用了。」

田西說到這裡，一臉疑竇地望著我。

「……你好像很驚訝？」

我一句話都說不出口，田西卻說得更加起勁了。

「在那種地方工作的小姐，互相之間不太會聊天，小綾也沒問她那些傷是怎麼來的。不過小綾說，大概是被男友或前男友弄傷的吧。喜歡玩ＳＭ的男人聽說不少，我可一點興趣也沒有。你一定也沒興趣吧？」

我想起「命運的捉弄」這種形容。對於被捉弄的當事人而言，痛苦的程度往往不是一句「捉弄」可以說明的。與智子相遇是這樣，乙太郎那件事是這樣，露營區的火災是這樣，這一晚田西對我說的話也是這樣。這些殘酷的命運，早已超越「捉弄」的範疇。

「這是——」

此時我腦中盤旋著數個疑問，我胡亂伸手抓出一個。

「這是什麼時候的事？那位小綾是在什麼時候看見身上有傷的女人？」

「不久前。大概兩個月……不，三個月前吧。」

「那女人還在店裡嗎？」

「我剛剛說過，那小姐跳槽了，聽說是從『外派型』跳槽到『店鋪型』的店去了。怎麼，小友，你對傷痕有興趣……哇！」

或許是我的眼神太嚴肅，田西驚訝地身子往後縮。

「告訴我那女人現在在哪家店工作！」

我心中有股無法解釋的預感。雖然「無法解釋的預感」這種說法實在有些摸不著邊際，但除此之外，沒有更好的詞彙足以形容我此刻的心情。

田西花了很久的時間才隱約想起那家店的店名，又花了更久的時間確認有沒有記錯名稱。

「沒錯，就是這名字。」

「在哪裡？」

「池袋。」

我猶豫了一整天，一晃眼已是翌日的晚上九點，我終於下定決心，拿著當初沒有還田西的紙鈔奔出家門。那店名既愚蠢又低級，簡直像是國中生所開的玩笑。我走出池袋車站，在風化區裡繞了將近三十分鐘，才找到那店的招牌。

在那店裡，我不費吹灰之力就找到田西所說的女人。當我鼓起勇氣說出「身上有傷痕」這條件時，店員旋即指向牆上的一張照片。照片裡是個半裸的女人，背對著鏡頭，雙手撩起頭髮，轉頭向後看。那店裡每張照片的臉上都貼了白色貼紙，上頭印著手寫的字跡：「SECRET！」雖然看不到臉孔，但我可以肯定那就是智子。我在大廳裡站了半晌，忍受著店員的視線，凝視牆上的照片久久不能自已。

最後，我結結巴巴地指名照片中的女人。

（五）

「這麼說來，你現在還喜歡她？」

兩天後。這天是星期日，我第一次主動拜訪田西的房間。

「我想不是那回事。」

田西房間的格局跟我的一模一樣，但此時已過中午，他還沒收棉被，整個房間瀰漫著被褥的異味。

「你不喜歡她？」

「大概吧。」

「但你還惦記著她。」

我含糊地點點頭，喝了口麥茶，很懷舊的味道。田西將雙手交叉在胸前，輕嘆口氣，陷入沉思。

我再也承受不了獨自煩惱的憂鬱，於是對鄰居說出一切。我在高中三年級時遇到智子；兩場火災；乙太郎的事；以備用鑰匙打開智子房間後看到的景象；智子身上的傷痕；在鶯谷拿到的錢其實並未花掉；我把在池袋風化場所工作且身上有傷痕的女人當成智子；我帶著田西給的錢去了那店裡，見到那女人；她是個跟智子毫無關係的陌生人。

到頭來，我那麼做的唯一意義只是有生以來第一次花錢買春。

那女人身上確實有些微小的傷痕，但幾乎看不出來。女人察覺我的視線，主動地說起那些傷的來歷。田西猜得沒錯，那些傷來自於前男友。那女人的前男友是個有著變態癖好的流氓。對我而言，那是最愚蠢的一個晚上。我像個沒有靈魂的人偶，照女人的吩咐洗了澡，躺在床上。女人的眼中充滿疑惑，但她還是用她的嘴帶給我快感。那是一種隱含著悲哀的快感。回程的電車上，我掩面哭泣。我恨自己的愚蠢，更後悔自己明明搞錯人，卻還是把該做的事做完了。

我躺在棉被裡，怎樣也睡不著。隨著夜色愈來愈深，我彷彿胸口塞滿潮濕泥沙般痛苦。自責的心情逐漸消褪後，取而代之的卻是對智子的思念。自從一年半前衝出智子的公寓後，我從不曾有過這種心情。我已分不出自己到底是喜歡還是厭惡她，不過我就是想見她。就算沒有說話也沒關係，只要站在遠處，看著她的側臉也好。當然，我並沒有忘記是她的菸蒂引起帳篷火災一事，更沒有忘記她是害死逸子伯母、在小夜臉上留下疤痕的罪魁禍首。或許在看見她的瞬間，我的內心會再度湧出對她的恨意。但我不在乎，與其像現在這樣牽腸掛肚，倒不如再徹底恨她一次。房間角落的電子時鐘顯示中午十二點，我走出房間，敲了隔壁的房門。

「去見她一面吧。」

田西這麼鼓勵我。我避開他的視線，一時拿不定主意該如何回答。我看見他房內那床從不曾收起過的被褥，想起他跟小綾曾在那裡纏綿無數次，害我聯想到池袋的窩囊回憶，不禁移開視線，望向另一側。地上堆滿不知名作家的書。

「悶在家裡煩惱也不是辦法，你就去一趟吧。你現在放暑假，反正有的是時間……你不接嗎？」

我抬起頭。

「……不接什麼？」

「電話。」田西用大姆指指著我房間的方向。

「先去接電話吧。可能快掛斷了，快點！」

在田西的催促下，我起身穿上拖鞋，奔出田西的房間。正當我要開房門時……電話聲停了。我咂了個嘴，正想回田西的房間，電話再度響起。這次我在響到第三聲時接起來。

「啊，原來你在。」

是母親打來的。

「我本來要等晚上再打，想一想還是決定先在答錄機裡留個言。」

「有什麼事嗎？」

我早已猜到母親打來的用意，還是開口詢問。

「我們上次不是談到，我要帶結婚對象去看你嗎？他下個星期六有空，如果你方便的話，就約那天如何？」

母親的口氣有些惴惴不安。上次她跟我提到要再婚時，雖然帶著三分羞赧，口氣卻是開朗的。不過這次是要帶結婚對象見兒子，或許需要勇氣吧。我沉默了一會兒，母親更加焦慮了，急忙說道：

「如果你不方便，改天也沒關係。」

其實我想的是另一件事。

剛剛田西說的話，在我腦海中迴盪。

——去見她一面吧。——

如果我叫母親不用過來，而是由我過去見母親的話，途中會經過那個小鎮。這麼一來，我可以在回程的中途下車，去智子的公寓看看。

我迷惘了數秒鐘，甚至忘記自己正在講電話。

「對不起，阿友。我會再打電話給你，你慢慢考慮好了。」

母親難以承受不安的壓力，打算掛斷電話。

「不如我過去找你們吧。」我急忙說道。

這句話讓我下定決心。

「下個星期六，我有空。」我說。

「那也可以……」

「但我只知道住址，不知道怎麼走。」

「我們會去車站接你。最近要搬家了，公寓裡一團亂，我們還是約在外頭見面好了。」

母親問我幾點會到，我回答中午左右。

大學的朋友中，有人已經買了電腦，可以在家裡上網。但我沒錢，對電腦也沒興趣，為了查特快車的時刻表，得親自跑一趟車站。離開車站後，我在谷中銀座繞了兩圈，買了一把摺扇。這摺扇設計得高雅別緻，我想母親應該會喜歡。我遲疑一下，又買了把相同款式的男用摺扇。接著我在定食餐館吃了炸肉餅定食，走出店門時，太陽已下山了。

我沿著空無一人的巷道走回公寓，就在彎過最後一個轉角時，陰暗的巷口前方走來一個年輕女人。當時路旁停著一輛黑色轎車，窗戶是開著的。女人坐上轎車的後座，重重嘆了口氣，靠在椅背上，點了一根菸。藉著打火機的亮光，我在那幾秒鐘之內看清楚女人的容貌。那女人有對令人反感的眼睛，頭髮毫無光澤，實在稱不上漂亮。開車的男人低聲說了句話，女人不耐煩地揮揮手。

「每次結束後，盡在我耳邊提些過去的事……」

經過車旁時，我聽見車內的對話。

「花錢買從前的朋友，天底下竟然有這種人……」

「雖然是凱子，但噁心死了。我從以前就對那傢伙……」

男人發動車子，引擎聲掩蓋了對話。

就在我走到公寓走廊上時，隔壁房門突然開了。

「啊，小友。」

田西嘴裡叼根菸，一副神清氣爽的模樣，對我漾起笑容。

「真是可惜，你要是早點回來，就可以聽見小綾的聲音了。」

剛剛那輛車，大概是應召站的接送車吧。

「反正你考完了，而且現在是暑假，就算聽見也沒關係，對吧？」

我心想，那個小綾說她欠下大筆債務，或許只是個謊言。一股濃稠、黏膩的焦躁感從我的體內湧起，直竄到喉嚨。那種不舒服感，就像是用手掌捏爛了一顆過熟的水果般。

「我這個月沒錢了，剛剛才向小綾道歉，她說她會忍耐。」

田西吐出煙霧，喜孜孜地看著那團煙往上飄去。

我在房裡研究著今天在車站抄來的特快車時刻表，算了算車資，想像著一星期後的自己。不知不覺夜已深了，我關掉電燈，鑽入棉被。牆壁另一頭傳來笑聲，那是電視的聲音。

（六）

「你就是阿友嗎？」

我一聽對方這麼稱呼我，便知道母親一定常提起我的事，而且提的都是開心的話題。

「是，我是友彥。」

我也不禁露出笑容。

母親的結婚對象比實際年齡看起來要蒼老一些。他相貌平凡，沒什麼特徵，性格溫和，穿著平價的西裝，打一條樸素的領帶。那模樣比起「丈夫」，更適合「父親」這個身分。我們約在咖啡店，加上母親，三人坐一桌。我們一邊喝冰咖啡一邊閒聊。他說，他完全不打算把念大學二年級的我當成兒子對待。我當然也不打算當他是父親。即使如此，他還是給我一種「好爸爸」的印象，或許是因為他擁有我的親生父親所沒有的特質吧。不管有沒有血緣關係，只有負責任、成熟的男人才有資格當父親。眼前這個人，應該能讓母親不再吃苦。我雖然喝著冰咖啡，心中卻感受到一陣暖意。當然，我這樣的揣測是毫無根據的，但所謂的信賴，或許本來就不需要根據。正因如此，一旦遭受背叛時，不但會怨恨對方，更會埋怨自己。當我在智子的公寓門口看見乙太郎的醜態時，我除了對乙太郎有恨意外，還厭惡自己。此時的我似乎稍微能理解當時的心情了，但我偷偷做了一次深呼吸，將這個理解拋在腦後。

從這個秋天起，母親的姓氏將改為菅谷。

我的母親換了一個陌生的姓氏，讓我有種古怪的感覺。但古怪歸古怪，倒也稱不上討厭。

「媽媽結婚後換了姓氏，離婚換回來，現在又要換另一個，真是忙碌啊……」

母親自我解嘲，坐在一旁的菅谷也笑了。菅谷不知對她說了句什麼話，她似乎沒聽清楚，將臉朝新的丈夫湊過去。我面帶微笑，看著母親這充滿稚氣的舉動，接著我移開視線。此時我有種豁然開朗的感覺，就像是清晨一覺醒來，發現感冒已經痊癒了。我望向咖啡店的窗外，有種想要朝那明亮的太陽奔去的衝動。

我們前往事先預約好的中華料理餐廳吃午餐，接著到另一間咖啡店，喝完咖啡後才道別。臨走前，我從袋中取出兩把摺扇，母親伸手接過。我什麼話也沒說，她卻感慨萬千地頻頻點頭，兩道清淚流過比以前略顯豐腴的雙頰。我買這兩把摺扇只是覺得不好意思空手而來，但見到母親激動落淚，連我自己也覺得送兩把成對的摺扇有著很深的含意。這當然沒什麼不好，我暗自告訴自己，以後也要這麼做。忽然間我感覺自己的眼眶也熱了，明明毫不相關，我卻聯想到田西的事，或許田西也知道小綾只是撒謊騙他的。

我正要朝車站走去，菅谷靦腆地伸出手，我輕輕握住他的手，才發現他的掌心全是汗水。從小到大，我曾觸摸過親生父親流滿汗水的手掌嗎？

我記不得了。

一個小時後，我在令人懷念的車站下了車。站前景色幾乎沒有改變，幾個高中生坐在公車候車亭的長椅上高聲談笑，他們身上的制服正是我母校的制服，只有一個女學生不同，她穿的是和奈緒一樣的高中制服。現在應該是暑假期間，他們或許正要去補習吧。

奈緒今天是否也到學校去了？還是待在家裡？她是否已準備好晚餐的食材，正坐在書桌前寫功課？我這趟回來，並沒有事先告知奈緒。

我穿過夕陽下的候車亭圓環，朝商店街走去。走了一會兒後，便看見位於左手邊的那間蛋糕店。門口旁豎了根旗幟，上頭寫著「盂蘭盆節茶點」。這時我才想到，盂蘭盆節（註）也快到了。

每年盂蘭盆節期間，乙太郎都會為逸子伯母與小夜焚燒迎火與送火。進入八月後，他總是會將不知從何處摘來的真菰葉曬乾，在入盆之日的傍晚拿到門口焚燒，乙太郎、我及奈緒三人總會默默蹲在火堆旁很長一段時間。母親在離家出走前，也會跟我們一起蹲。為了怕發生火災，乙太郎總是會確實以水將火堆澆熄，入夜後，還會不放心地走到門外查看數次。每當看見附近鄰居家有煙竄起，他就會緊張地飛奔趕去，直到確認是單純焚燒迎火，才笑著走回來。

（七）

在夕陽照耀下，智子的公寓散發出橙黃色的光芒。

這棟建築物過去總給我一種在冷風中瑟縮身子的印象，此時卻宛如傲然挺胸地面對夕陽，讓我一時以為走錯地方了。仔細一想，這是我第一次在夏天來到這裡。我再次感慨，自己與智子相處的時間是如此短暫。我頂著刺眼的夕陽，登上公寓走廊。不知何處傳來秋蟬的鳴叫聲。

走廊似乎無人打掃，腳下的水泥地面有一層灰塵。當初就是這個樣子嗎？如今我已想不起來了。留在我記憶中的，只有路途上的寒冷、按下電鈴時的興奮、倚靠門板時映入眼簾的白雪以及智子。

註：「盂蘭盆節」爲日本每年夏季的祭祖節日，日期依地方而略有不同，約在七月中旬前後。迎火、送火及焚燒眞菰葉（一種菰屬植物）皆是傳統儀式的一部分。

當我來到智子的房門口時，我突然覺得不太對勁。

一開始，我以為是門扉沐浴在夏日陽光下所造成的錯覺。但我旋即發現，這不對勁的感覺來自於視線的角落。門旁貼著一塊牌子，上頭寫著一個我從沒聽過的姓氏。線條很粗，字跡很醜，顯然是出自男人之手。

秋蟬的聲音在一瞬間變得極為遙遠。

我轉身離開走廊，走下樓梯，到成列的信箱前一看，智子房間的信箱上寫著跟那個門牌相同的姓氏。或許是母親剛改姓菅谷的關係，我的第一個想法是智子結婚了。但我立即排除這個可能性，這裡的房間太小，根本住不下兩個人。

智子搬家了。

雖然沒有明確的證據，但我猜想她一定搬到很遠、很遠的地方。或許是因為現在是夏天，而我與智子的回憶是發生在冬天的緣故吧。智子殘留在這公寓四周的氣息，在夏日陽光的蒸曬下，有如老舊的塗鴉隨著歲月而消褪一般，再也感受不到半分。我愕然站在信箱前，不知如何是好。

有沒有可能查出智子的新住址？房東知道嗎？沒見到智子的失落感，讓我對她的思念從原本的曖昧不清變得強烈而清晰。我告訴自己，若沒見到她，我絕不回去。但是我不可能在一天之內找到她。我身上沒有多餘的錢，也沒有棲身之處。我想過乾脆去住乙太郎家，但我用力吐出一口氣，強迫自己拋下這念頭。

忽然間，背後有人輕聲喊了我的名字。

那聲音來得太過突然，讓我來不及反應。我愣了好一會兒，才轉過頭。

「我就知道你在這裡。」

身穿牛仔褲及T恤的奈緒，站在我的面前。因為背光，一時間我看不清楚她的表情。我只察覺她的身材比以前削瘦，頭髮也剪短了。

「阿友，你媽媽打電話給我，說你們今天會見面。她還說，你可能會順道來我家坐坐。」

「噢……」

母親沒跟我說她打了電話給奈緒。或許是菅谷在場，她不想提到菅谷不知道的話題吧。

奈緒朝我走來，這時我才看出她的眼神充滿哀戚。短短一年半沒見，她的容貌變得成熟些，卻帶著泫然欲泣的表情。或許是她剪了跟小時候一樣的短髮，我覺得好像看到孩提時代的奈緒。

「那個人不在這裡了。」

奈緒突然說道。

我點點頭。為了不讓她看見我的表情，我故意轉頭望向信箱。

「她好像搬家了。」

奈緒沒有回答，只是默默站在我身邊。

我們凝視著信箱好一會兒。

「你不想去我家，對吧？」

奈緒似乎從一開始就斷定我不會隨她回家。我沉默地點點頭。

我們離開智子的公寓，走在夕陽西照的巷道中。

奈緒一邊走，一邊像平日在電話裡一樣說些雞毛蒜皮的瑣事。我感到厭煩不已，此時我腦中想的全是智子，連隨口敷衍都讓我痛苦。奈緒未曾轉頭看我，或許她不想看見我的不耐煩表情。

我們不約而同地朝港口方向前進。沒多久，巷道前出現遼闊的天空，那是連著蔚藍大海的天空。

濱海道路橫越我們的眼前。背後的太陽逐漸西沉，前方的護欄反射著最後一絲微弱的陽光。一年半前，我就是站在那護欄邊，將身體往前湊，望著蹲在堤防上的智子。我與奈緒自護欄的盡頭處走下水泥階梯，奈緒的短髮在海風中輕舞飄揚。但海面上一點波浪也沒有，停泊的漁船彷彿沉睡般動也不動，堤防的前端站著幾個手持釣竿的釣客。奈緒走下階梯後，或許是不想離那些人太近，走到堤防的中段處便停下腳步。我的視線越過她身穿T恤的肩，看到夜晚即將來臨的晚霞景致。忽然遠處那些釣客全朝一人聚攏，或許是有人釣到大魚了吧。距離太遠，聽不見半點聲音。

我轉過頭，想在天黑前再看一眼那條濱海道路。在我尚未與智子開口說話前，我總是與乙太郎坐在這個堤防邊，說些無聊的笑話，看乙太郎模仿客戶的言行，或是脫下鞋子搔癢。當時的我總是隨時注意那條濱海道路，期待著智子現身的那一瞬間，看著嬌瘦的她騎著白色腳踏車，不疾不徐地由左向右而去。

我忽然有種感覺，智子一定搬到某個離這裡很遠的北方小鎮了。那一定是個每到冬天便會大雪封村、寒冷得彷彿一切都要凍結的小鎮。那裡的景色，想必正如同她總是看得悠然神往的那雪景球。

這個臆測毫無根據，說穿了，只不過是我的單純期望，因為我好想在那小鎮上與她重逢。雖然剛剛才因得知她搬家而萬分沮喪，但這樣的幻想對年僅十九歲的我而言依然充滿魅力。回想起來，我實在一點都沒變。此時的我，只是自以為是地幻想著一幅幼稚的景象而已。在天寒地凍的街道上，與智子久別重逢，我想像著這不可能成真的景象，就像當年對小夜抱持著殘酷的同情一樣，陶醉在胸口的酥麻感中。

我根本沒有想到，這幅景象將在數分鐘後遭到徹底摧毀。比我在智子房間摔破的那顆雪景球更加悲慘，碎裂到幾乎看不出原形。

就在我沉醉於幻想時，奈緒一直輕咬嘴唇。我們沉默地面對大海，天色愈來愈暗，聽見的只有細語呢喃般的海潮聲。

「沒想到真的會遇到你。」

奈緒突然開口，說完後，別過頭望向遠方的海平線。潮水味比剛剛更濃了。月亮探出頭，在水面上照出白色漣漪，有如無數的鏡面碎塊。剛剛走過的水泥階梯附近，傳來小孩的說話聲，接著又傳來大人的短促笑聲。天色已暗得看不見人影，距離也遠得聽不清對話內容，但可以感覺得出來，那是一家人。他們走到離我們十公尺遠的地方，停下腳步不知在做什麼。沒多久，我看見微弱的亮光。在那亮光的旁邊，立刻又出現另一團亮光，那光芒拉出尾巴，像彗星般照亮周圍。

「自從那件事之後，我們再也沒玩過煙火了。」

在那和樂融融的歡笑聲中，奈緒的聲音顯得有氣無力。

「你到了東京後玩過嗎？」

我默默搖頭。這一輩子我大概再也不會碰煙火吧。直到現在我在夜裡依然常聽見那帳篷內不斷傳出的火藥爆炸聲。自從一年半前，聽了智子的自白後，那聲響開始有了畫面，那是一團微弱的火苗在黑暗中筆直落下的畫面。在離開這市鎮的前一刻，以及剛搬到東京的那一陣子，我心中那火苗化成熾熱燃燒的紅色火海。但如今那火苗卻呈現著悲傷的顏色，就如同小時候徬徨無助地走在街上時，陌生人家透出的燈火那樣悲傷。到底是何時改變了？到底是什麼改變了？

啪的一聲輕響，漁船的船首及水泥地面在一瞬間被照亮。腳下的一顆顆碎石拉出又尖又長的影子。

「我得把她找出來。」

我明知道對奈緒說這句話毫無意義，還是忍不住說出口。風向變了，聞到一絲火藥味。

「阿友，我跟你說……」

奈緒轉過身來面對著我。她那神情似乎是下了某種決心，強而有力的目光，筆直地朝我的雙眼射來。啪的一聲，煙火再次炸裂，白光照亮了奈緒的容顏。

她說出口的那句話，狠狠打碎了我心中的美夢。

「那個人死了。」

除了奈緒的臉之外，視野中的一切彷彿都融化在黑暗中。

「……死了？」

奈緒緩緩眨眼，看著我的眼睛微微點頭。

「她自殺了。報紙上刊登篇幅很小的報導，我看了很驚訝，那天放學回家時，我繞到她的公寓去……公寓的人問我是不是認識她，我點點頭，對方告訴我，她在浴室割腕自殺了。」

遠處傳來男孩子的歡呼聲、女孩子的撒嬌聲、父親的笑聲、母親的溫柔說話聲。

「什麼時候的事……？」

奈緒一度移開視線，又轉頭望向我。

「去年春天。」

這麼說來，是在我衝出公寓的不久後。

智子死了。自殺了。

頓時間，巨大的痛苦向我湧來。我感覺全身宛如被翻轉過來般，兩腳完全失去知覺，突如其來的嘔吐感竄上咽喉。我不禁以雙手摀住了口。一道聲音不斷在我腦中響起：「殺人凶手！」這是我當初辱罵智子的話，如今這句話卻成了指責我過錯、揭發我罪行的吶喊聲。

——我殺了人……——

離開那房間時，智子曾如此呢喃。

——卻還厚著臉皮活著……——

那聲音毫無感情，沒有任何抑揚頓挫。

但我無情地關上大門，沒聽到最後。

「是我……」

一切都是我的錯。智子自殺，我必須負全部的責任。若不是我那樣辱罵她；若不是我殘酷地看著不知所措的智子，責罵她造成火災；若不是我稱她是殺人凶手。

然後我終於明白了。

我終於明白一年半前，我做了什麼事。

我明白了在智子的房間裡，我那麼做的真正意義。

那一天，我將那把曾深深插入小夜心口的利刃，交到智子的手上。我把自己應背負的罪，推到智子的頭上。我那麼做，只是為了逃避對小夜自殺的責任。智子從我手中接下那把沾滿鮮血的陌生利刃，用它割破手腕，結束生命。

是我殺了智子。

智子不小心引發帳篷火災時，還只是個高中生。當時的她，和每晚偷偷潛入綿貫家地板下時的我，是相同的年紀。那樣的年紀，根本不會去想自己的行為將帶來怎樣的結果。然而我卻將長久以來握在手中無法丟棄的凶刀，硬塞進她這替死鬼的手中。

我毫不留情地責罵她，將她逼上絕路。智子在臨死前的最後一刻，心中是否充塞著想要殺死我的恨意？就像慘死在醫院後頭的小夜一樣？不，我想不是的。智子想殺的人，是她自己。她認為一切都是她的錯，為了讓自己消失，她才割腕。當她閉上因後悔而疲倦至極的雙目時，或許她正在向我道歉。

沒錯，她在向我道歉。

「阿友……」

煙火爆裂，孩子們發出歡呼。

我蹲在水泥地上，以兩手遮住臉。就算是使用騙小孩子的把戲也沒關係，我想讓一切消失。當年乙太郎曾對我說過，在我變成大人後，就可以隨心所欲地把任何東西變不見。但我現在還是做不到。即使在經歷更漫長的歲月，我還是無法讓任何東西消失。海潮聲不斷鑽入我的耳中，彷彿有無數看不見的人影正在對我指指點點，無數的聲音，以單調的頻率重複述說著我所犯下的罪行。你殺了人！你又殺了人！這些呢喃聲將永遠迴盪在我的胸中，不會有消逝的一天。

又一次，我殺了人。

（八）

奈緒拉著我，朝乙太郎的家走去。

我彷彿感覺並非自己在前進，而是陰暗的地面無聲無息地不斷向後流走。我什麼也沒對奈緒說，此時的我什麼都說不出口。我的懷裡又多了一把沾滿血腥的利刃。

我好希望有人懲罰我，好希望有人對我投以鄙視、冰冷的眼光。如果可以的話，我想把一切告訴奈緒。但我不能這麼做。一旦奈緒知道智子與露營火災有關的話，她會像當初的我一樣深深憎恨智子。她會憎恨那個已經為此付出生命的智子。

奈緒似乎非常擔憂我的異狀，但她什麼也沒問，只是走在我身旁，默默看著前方。就在道路遠端終於出現熟悉的屋舍燈火時，她轉過頭，提醒我別把智子自殺一事告訴乙太郎。她告訴我，乙太郎至今仍被蒙在鼓裡。

大門門板外層已斑駁捲起，走進去，便看見乙太郎的防滑鞋凌亂地翻倒在玄關，有如死魚翻肚。

屋內一片死寂。

沒有半點聲響的客廳裡，乙太郎正坐在矮桌前。他背對門口，右手輕握著擱在桌上的酒杯，旁邊放著一升裝的日本酒酒瓶。奈緒喊了一聲，乙太郎慢慢轉過頭，他一見我便驚愕地瞪大雙眼，接著他以宛如折彎硬物的生硬動作擠出笑容。

乙太郎瘦了很多。直到如今，我還是無法清楚地看穿乙太郎到底有著什麼心結。我只知道一點，那就是乙太郎的心結已將他折磨得不成人形。因為他很常曬太陽，原本皺紋便不少的眼角及臉頰，此時多了無數細微、不健康的紋路。即使隔著襯衫，依然可以看出他瘦了好幾圈，他的眼眶深深凹陷，就跟當年逸子伯母剛死於火災、小夜被火燒傷時的他一模一樣。

「阿友，原來是你。」

「伯父——」

一時之間，我差點想使用尊敬的口氣，就和過去某段時期的習慣一樣。但我勉強將那宛如苦藥般的詞句吞回去，換了一副口吻。

「好久不見了。」

「爸爸，對不起，我回來晚了。」

「沒關係、沒關係。阿友，你果然來了。昨天靖江太太打電話來，說你可能會來我這裡坐坐呢。」

乙太郎沒有起身，只是努力擺動雙腿，將身體轉向我。原本他一個人喝著悶酒，房內空氣完全沒流通，此時沉澱的空氣才受到攪動。他的頭髮又乾又粗，比起最後一次見面時稀疏了不少。

「爸爸，吃烏龍麵好嗎？」

「好、好，就吃烏龍麵吧。」

「阿友，能不能來廚房幫忙？」

奈緒輕拉我的襯衫，引著我走進廚房。但我在廚房裡完全幫不上忙。鍋裡的湯頭已經煮好，蔥花也早已切好放在冰箱裡。奈緒取來另一個鍋子，倒了水放在火爐上煮，並從櫥櫃裡取出三人份的乾麵。我愣愣地站在原地，垂著雙手看奈緒走來走去。

在水煮沸前，我跟奈緒就這麼站在廚房裡。在客廳的乙太郎打開電視，毫無意義地呢喃念著電視上的節目名稱。紗窗外傳來蟲鳴聲。奈緒茫然凝視著手中的乾麵。即使來到這個家，見了乙太郎，我依然感受不到自己的存在，我的骨頭、肌肉及內臟彷彿都消失了，唯獨意識依然殘留著，但就連意識也如同籠罩在陰影中般朦朧不明。如果可以，我好希望就這麼徹底消失。令人懷念的廚房及客廳場景，雖然在我晦暗的心中點亮了一盞小小的燈火，但那就像當初潛入地板下時開的手電筒一樣，那亮光的存在只是更加深了周圍的漆黑。

「幫我攪拌一下。」

奈緒交給我一雙長筷，於是我開始攪拌鍋中的乾麵。

「聽說靖江太太要再婚了？她在電話中說的。這可真是好消息呢。阿友，你也一定鬆了口氣吧？當然，就算沒再婚，倒也不是什麼令人擔心的事。」

乙太郎變得多話，想必不是因為喝了酒的關係。我跟他在對話過程中，一直交互看著矮桌的桌面。我抬頭，他就低頭；他抬頭，就換我低頭。他在我來之前似乎已經喝了不少，所以現在咬字不太清楚，但他還是盡量表現出精神抖擻的一面。他勉強撐大一對眼睛，看起來就像鴿子。

「對方一定是個好人，靖江太太是不會失敗第二次的。阿友已經大二了，奈緒也說要到東京念大學，大家各有各的出路。」

「爸爸，你擔心我走了你會寂寞，對吧？」

奈緒這句輕描淡寫的話，讓原本說個不停的乙太郎在一瞬間閉上嘴。他看著女兒，表情古怪得簡直像見到陌生人。我猜想，這或許是奈緒第一次對乙太郎說出這樣的話吧。他們父女獨處時，奈緒一定無法說出這句話。

「嗯，是啊。一個人當然比兩個人寂寞。與其說是寂寞，倒不如說是無聊。」乙太郎擠出僵硬的笑容，拿起酒杯裝模作樣地喝著，還故意用酒杯擋住臉，他握著酒杯的手指瘦得像枯柴。

「不過妳不用在意我。我這叫罪有應得。」

奈緒放下筷子，愕然地望向乙太郎。

「……罪有應得？」

「原本就算妳到東京念大學，我也不會是一個人。逸子跟小夜原本會陪在我身邊的。都怪我在露營時說什麼要去兜風，結果引發火災。是我將她們——」

「伯父！」

我不想從乙太郎口中聽見那個字眼。

乙太郎終於與我四目相交。他的眼袋比以前還明顯，眼袋與眼球之間露出宛如傷口般的鮮紅肉塊。他微張著被唾液濡濕的嘴唇，等著我繼續說下去。那個模樣簡直像個陌生人。圍著矮桌的三個人，在這一瞬間全成了互不相識的陌生人。

奈緒繼續吃起烏龍麵，我跟乙太郎皆朝她望去。

看著奈緒默默低頭吃麵的模樣，我想起《小王子》裡的酒鬼。那個整日喝酒的醉漢。那個認為喝酒很可恥，卻為了忘掉可恥而不停喝酒的醉漢。為了「忘卻」，一杯接著一杯喝下肚，那一杯杯的酒就像排成一長列的將棋，一顆壓倒一顆，永遠沒有停止的一天。伸手想要制止將棋繼續翻倒，卻又不小心碰倒其他將棋，回過神來時，已經什麼都改變不了，只能靜靜聽著將棋翻倒的聲音。

就在這一刻，我似乎看清乙太郎的第一顆將棋骨牌，那就是奈緒將離開他前往東京的寂寞。即將變成孤單一人的哀傷，讓乙太郎成了「酒鬼」。但隱藏在這寂寞與哀傷背後的是罪惡感。奈緒即將前往東京，乙太郎即將變得孤單，這讓他再次對那場帳篷火災感到深深懊悔。他一定相當自責，若不是當初帶大家去露營、若不是丟下一對女兒跑去兜風……。

這就是乙太郎的第一顆將棋。

「伯父，你錯了。」

我還記得從前的某一天——。

我曾在心裡呢喃過同樣一句話。

「殺了小夜的人，不是你。」

我記得那晚是小夜的七回祭。乙太郎倒了一杯日本酒給我，我默想著這句話。

「是我殺了小夜。」

這句話我應該早點說才對，我不應該只是狡猾地在心裡呢喃，我應該早點對乙太郎說出口。如此一來，乙太郎心中的痛楚多少能減輕些。他會知道，真正應該背負罪責的人就在他身邊。

奈緒似乎想說話，我已搶著繼續說道：

「是我說，我會跟她結婚……」

這話一說出口，接下來的話就像潰堤般滔滔不絕地洩出。

「我對小夜說，我會跟她結婚。她的臉被火燒傷，我覺得她很可憐。我那時的心情，就好像把被人丟在紙箱裡的小狗、小貓帶回家養一樣。臉上包著繃帶的小夜，在我看來是那麼悲慘、不幸，我以為這樣能讓她開心……」

「阿友……」

「我覺得她的臉燒成那樣，一定沒有人願意娶她，我猜想她一定也這麼認為。所以我想幫助她，就好像幫助骯髒的小狗、小貓。在小夜聽來，我那句話一定充滿憐憫與施捨吧。沒錯，我當時確實抱著這樣的心情。」

於是，小夜在醫院後上吊自殺了。她用那雙本來還有很長一段路要走的腳，踢倒墊腳的塑膠垃圾桶。

「小夜在臨死之前，一定很想殺我吧。她並不是因難過臉被火燒傷而自殺，也不是因無法承受痛苦而選擇死亡。她想殺了我，卻做不到，只好選擇殺死自己。伯父，小夜的死跟你沒有關係。」

我哭了。急促的哽咽聲自緊咬的牙縫間洩出，再也無法停止。按在兩側膝蓋的拳頭不斷顫抖。伯父跟奈緒都沒有開口說話。我不敢抬頭，只能任憑眼淚自鼻子及下巴滴落。

不久，奈緒以嘶啞的聲音說：

「這不是任何人的錯。」

電視上傳來笑聲。

「爸爸……對吧？」

乙太郎沒有回答。我一直低著頭，看不到他此時臉上的表情。時間就這麼一分一秒過去，烏龍麵早涼掉了。乙太郎不停地喝酒，突然嘟噥了一句什麼話，起身走進廁所，再也沒出來。

我向奈緒低聲道歉，也站起來。

「阿友……」

我聽見她的呼喊，但說什麼也不敢回頭看她的臉。我拖著痠軟無力的雙腿，走進我從前的房間。如今那房裡除了地上的六張榻榻米之外，什麼都沒有。窗外的月光透過窗簾照進房內，隱約可以看出榻榻米的顏色深淺不一，從前擺放書架及矮桌的位置，顏色跟周圍不一樣。我關上拉門，躺在以前鋪了被褥的位置。榻榻米摸起來又濕又黏，空氣中飄著一股霉味。其實我只想立刻逃回東京，但這時已經沒有開往東京的電車了。我閉上雙眼，任憑眼淚流向兩側太陽穴。此時到底該怎麼做才好，我完全拿不定主意。

沒多久，我聽見一陣微弱的對話聲，以及收拾餐具的聲響。當這些聲音消失後，傳入我耳中的只剩下窗外的蟲鳴聲。

又過了一段時間後，奈緒突然走進我房間。

當她拉開拉門時，沒有任何光芒透入房內，走廊及客廳的燈光都滅了。

「爸爸已經睡了。」

奈緒在我身邊輕輕坐下。

「他說你真傻，一直把這種小事掛在心上。」

我明白乙太郎這句話絕對不是真心話。如果他真的覺得我傻，他會自己親口對我說。他就是這樣的人。

黑暗中，奈緒低頭看著我。

「阿友……你還是快把這些事忘了吧。」

怎麼可能忘得了。

她俯視我，緩緩眨了眨眼。那眼神像在思索什麼，又像是在猶豫什麼。

最後她輕輕吐了口氣，說道：

「不是你的錯。」

她的語氣竟有些輕佻，與凝重的氣氛格格不入，甚至還帶了一點笑意，我不禁轉頭朝她望去，然而她的眼神是非常嚴肅的。

「姊姊的死，只能怪她自己。」

「但是……」

「不是你想的那樣……」

奈緒打斷我的話。

「對不起，阿友……有件事我一直瞞著你。」

我愣愣看著奈緒。她輕輕嘆息，遲疑半晌，接著說道：

「這件事，我晚一點也會跟爸爸說……」

當時的我並沒有預期到自己會墜入更深的黑暗中，或許在我的心裡多少還抱著一點天真的自我安慰。正因如此，奈緒接下來的這段談話，對我而言只能以晴天霹靂來形容。她將我推入一個我無法想像得到的萬丈深淵中。

「帳篷裡的火，是姊姊自己點燃的。」

一瞬間彷彿時間靜止。

「我從沒跟任何人說過這件事。阿友，請你也別告訴任何人。姊姊為什麼那麼做，我到現在還是不明白。或許就跟當年在夏季祭典上害阿知受傷的理由一樣吧。」

奈緒對我說出真相。

關於那場露營火災的真相。

乙太郎約了我及逸子伯母去兜風。我們離開後，小夜在帳篷裡百無聊賴地發呆。奈緒向她搭話，她也不回答，但是沒多久——。

「姊姊突然站起來……」

小夜走向堆在帳篷角落的行李，拿起一個白色塑膠袋。那袋裡放著煙火及打火機。

「姊姊在帳篷裡點燃了一根煙火……」

奈緒急忙想要制止，小夜卻將她推開，又點燃了其他煙火。

「姊姊——的表情好像在夢遊——」

小夜一臉恍惚地點燃煙火，直到火光延燒到毛毯上，小夜的表情才驟然改變，終於露出驚恐的表情。

「但已經太遲了……」

火舌在一瞬間吞噬整條毛毯，奈緒拚命想滅火，卻徒勞無功。帳篷內充塞著炙人的熱氣，最後火苗落在塑膠袋上，點著了裡頭的所有煙火。火藥一次又一次爆炸，噴出烈焰，燒到小夜的頭髮及奈緒的襯衫——。

「已經……來不及了。」

就在這時，乙太郎及逸子伯母衝進帳篷。

「所以姊姊的死全怪她自己不好。」

奈緒輕輕將手放在我的胸口。

「阿友，那完全不是你的錯。」

不管此時奈緒說了什麼，在我腦中都成了一連串毫無意義的詞句。

眼前的天花板上下左右搖擺。我的嘴唇不斷顫抖，胸口感到一陣幾乎要將我凍結的寒意。

帳篷的火災是小夜自己引起的。——這件事並沒有帶給我太大的震撼，一直以來，我從沒摸透小夜的內心世界。小夜做出這種不可思議的事，在我看來並非絕無可能。讓我失去知覺，並且瞬間落入萬丈深淵的，是因奈緒的告白而水落石出的另一個可怕真相。

那場帳篷火災是小夜引起的——火是從帳篷內燒起來的。

這意味著智子在展望廣場上丟的那根菸蒂，與逸子伯母的死、小夜的燒燙傷沒有任何關係。她是無辜的，但那一天我對智子破口大罵。我竟辱罵無辜的智子是殺人凶手，逼得她割腕自殺。

「她是……」

我感覺全身的血液彷彿被抽乾了。周圍的黑暗變得更加漆黑、深邃。

智子從一開始就沒有犯下任何罪，但她卻為了這不實的罪名，遭到綿貫威脅，肉體遭受蹂躪，身體被劃得慘不忍睹，最後還被我強迫接下沾滿鮮血的利刃，以那把利刃——。

「阿友……」

如果——時光可以倒轉……。

一年半前，與智子第一次發生關係的那天，我躺在她的房間裡，半夢半醒之間想著這個問題。如果時光可以倒轉，我會想回到哪個時候？回到那個沒有男女之分的孩提時代嗎？回到小夜還活著的時候嗎？回到與智子深情相吻的時候嗎？還是回到幻想尚未成真，我還窩在潮濕棉被中的那段日子？

那一晚，在那陰暗的房間裡，我對著一臉茫然的奈緒嚎啕大哭。若有人問我相同的問題，我一定會這麼回答吧。

我想回到我出生之前。

在黑夜的巷道目送行人離去時，即使行人背影早已隱沒於黑暗中，再也看不見了，你還能感覺到對方仍存在於巷道的某處盡頭。對我而言，智子就像那道晦暗而模糊的人影，永遠殘留在我胸中，沒有離去的一天。漸漸地我分不清那是正面還是背影，有時我甚至會看到一雙透著微弱光芒的眼睛，自那黑暗的盡頭處望著我。

我坐在特快車的座位上，望向窗外。

雪花自二月初的天空飄落。我將右手輕輕伸進外套口袋裡，指尖觸摸到一個冰涼的球狀物。那是顆雪景球。我無法狠下心丟棄，只好一直帶在身上。發條已故障，再也聽不到〈聖誕歡樂〉的旋律，但朝玻璃內望去，裡頭的冬天景色跟當年一模一樣，沒有絲毫改變。永遠不會融化或髒污的雪粉，靜靜地覆蓋地面。

窗外是一片沉默的大海。回憶中，小時候的天空及大海比現在熱鬧許多，到底是從何時開始，我再也聽不見天空及大海的聲音了？不管我怎麼想，就是想不起來。

一看手表，還沒兩點。喪禮預訂於三點舉行。

對於歲月的流逝，有人覺得太快，有人覺得太慢。但在我看來，這兩者都是錯的。時間是沒有快慢之分的。若將一天之中、一年之中、或十年之中的每一個重要回憶與毫無意義的時間加總起來，我度過的這十六年就只會是十六年，不會多也不會少。

我一直有種說不上來的感覺。彷彿我的手上原本應該有張寫了重要事情的紙條，卻因一時疏忽而讓風吹走了。那紙條上所寫的事對我而言非常重要，我為了搞清楚那上頭到底寫了什麼，已花了漫長歲月去尋找那張紙條。直到現在，我還是沒找到那張紙條，也沒想起那最重要的事。

田西治夢，那位名字實在有點好笑的鄰居，在我大學還沒畢業前就搬家了。剛開始的幾年，我們還會互寄賀年卡，但不知從哪一年開始，他失去音訊。他以前想當作家，現在不知在做什麼。

奈緒最後還是放棄到東京讀大學的想法。乙太郎借了筆錢，讓她去讀當地的大學。她有時會來東京玩，但從不過夜。我們會一起喝咖啡，有時甚至一起喝酒。有一次，我們在房間裡喝完葡萄酒後，發生了關係。那是我們唯一一次肌膚之親。當時是聖誕節的傍晚，念大二的奈緒先脫了衣服。高掛在馬路對面的霓虹招牌所放出的白光，透過薄薄的窗簾射進房內，照亮殘留在她肩膀上的輕微燒傷。那場火災，在奈緒身上同樣刻下永遠不會消失的傷痕。直到那一天，我才再次驚覺這理所當然的事實。我們的身體分開後，奈緒一直輕撫著那道過去歲月所留下的痕跡。

自那天起，她開始躲著我。

畢業後，奈緒一償宿願，選擇進入東京的企業。當時我也在東京一家小公司上班。我們漸漸恢復見面，但總是約在小酒館或咖啡店，離開店家後便直接往車站走去，各自回家而不去對方的住處。我們再也不曾前往對方的房間。這段期間裡，我交過數個女友，奈緒大概也交過數個男友。

回想得知帳篷火災真相的那晚，我在陰暗的房間裡，對奈緒說出一切。智子在展望廣場丟了一根菸蒂，她以為是那根菸蒂引燃帳篷，我也一直這麼認為，我在智子的房間裡對她無情責罵，智子因而割腕自殺。我說話變得困難，最後雙手撐著榻榻米，不斷發出哽咽聲。奈緒溫柔地抱住我，我們的啜泣聲逐漸重疊。

電車快到站了。

我將雪景球放回外套口袋，從行李架上取下手提袋。

肝癌奪走乙太郎的生命，是飲酒過量所致。至於奈緒後來有沒有和乙太郎說明帳篷失火是小夜造成的，我到現在依然不清楚。自那晚後，不管對奈緒或乙太郎，我不曾再提起任何關於小夜及逸子伯母過世時的事了。

——這麼荒唐，像個謊言一樣的……——

這是躺在醫院的白色病床上的乙太郎，臨終前的最後一句話。他沒把這句話說完便斷氣，一臉痛苦地閉上乾涸的雙眼，再也沒醒來。在斷氣的前一刻，他舉起虛弱無力的雙手上下移動，彷彿在撫摸著什麼東西。奈緒說，乙太郎好像還微微將頭偏向一邊，露出狐疑的神情。

乙太郎這句話的後半段，到底想說什麼?昨天我跟奈緒在電話裡討論這件事，但兩人都沒有想到合理的答案，最後只是在淚水中以玩笑話結束話題。

乙太郎的心結到底是什麼，我到現在還是說不出個所以然。我只知道他抱著那心結痛苦地活著，並抱著那心結痛苦地死去。當我聽到乙太郎的死訊時，我想起小時候乙太郎對我說的一句玩笑話。他說，當一個人斷氣時，醫生會用小燈照死者的眼睛，那是因為透過死者的眼球，能夠看到後頭的大腦。如果這是真的，乙太郎過世時，醫生或許在他的眼中看到了一些祕密。

我一走出車站，奈緒立刻看到我。一星期前，奈緒一聽到乙太郎病情惡化的消息，便趕回來。現在的她對我露出淡淡的微笑，但那張臉比七天前更蒼白、憔悴。

「身體還好嗎?」

這裡的風比東京寒冷，還夾雜著雪的味道。我的聲音被風聲掩蓋了一半。

「從昨天就覺得身體很沉重，不過很沉重也是正常的。」

奈緒摸著臨月的大肚子。

「上午我去了醫院，醫生叫我別太勞累。」

「我說過不用來接我，妳怎麼還是來了？」

我也摸了摸奈緒的腹部。我到現在還是無法相信，那裡頭塞著一個幾乎已成形的人。

「親戚都在哭，我想出來透透氣。」

我跟奈緒在兩年前結婚，在東京某個以低矮建築為主的住宅區中，租了間公寓住。

——奈緒以後就託你照顧了。

過去乙太郎在酒醉後提出的要求，如今我實現了。但我是在結婚後過了好久，才回想起乙太郎這句話。

孩子出生後，我打算搬到寬敞一點的公寓。正當我與奈緒商量著這件事時，我們收到乙太郎病危的噩耗。兩年前的結婚典禮，乙太郎當然出席了。結婚後，我在那令人懷念的屋子裡，與乙太郎見過三次面。就在那間從前每天面對面吃飯的客廳裡，我們一起喝酒，聊些瑣事。然而一旦奈緒有事離開客廳，我與乙太郎就會陷入沉默。我們為了逃避那尷尬的沉默，只好拚命往對方的杯子中倒酒。但喝得愈多，愈是說不出話。我們沒有其他事做，只好繼續拚命倒酒。就這樣，我跟乙太郎成了兩個對飲的「酒鬼」。

「妳開車來的？」

「怎麼可能，當然是搭計程車。」

奈緒那身孕婦用的喪服，據說是向叔母借來的。她頭上綁著馬尾，就跟念高中時一樣。但當她轉頭朝著剪票口前的樓梯走去時，那馬尾擺動的節奏比從前溫和得多。

喪禮進行得很順利。身穿喪服的親戚中少了乙太郎的身影，總讓我有種他只是離席去辦點事情的錯覺。我的母親參加了這場喪禮，但父親沒來，母親的再婚對象菅谷也沒出席。乙太郎的削瘦軀體在火化前，我曾伸手入棺，撫摸他那像魚一樣冰涼的耳朵，以及像人造物般的乾燥頭髮。他的鼻子裡塞著白色棉花，看起來像是故意裝得一臉嚴肅地搞怪胡鬧，反而增添感傷氣氛。

我也參與了撿骨儀式，實在無法想像，乙太郎的骨灰竟會如此潔白。或許是因為我所認識的乙太郎，皮膚總是曬成茶褐色，一到晚上，那張臉又會醉得通紅。乙太郎的骨灰又鬆又脆，我以筷子夾起一片碎骨，但沒夾好，那碎骨落在銀色火化台上，裂得粉碎。如果可以，我好希望乙太郎經過火化的骨頭是又硬又實的，有如摔破的陶器碎片。我一邊這麼想，一邊夾起第二塊碎骨，丟進骨灰罈內。那碎骨撞出清脆的聲響，在火化場的四面牆上迴盪，聽起來就好像乙太郎在搞笑時發出的彈舌聲。

葷食宴（註）的會場上，將喪服借給奈緒的叔母轉頭看著客廳的佛壇，呢喃說了一句「遺照又要增加了」。這雖然只是無心話，口氣也沒太感傷，卻讓眾人再次體認到乙太郎過世的事實。圍在桌旁的一群人再次啜泣，我也不禁潸然淚下。原先哭得最慘的奈緒，聽了叔母這句話後反而只是輕輕點頭，對著我瞇起雙眼，露出寂寞的神情。

兩天後，我要趕回東京，再度來到車站。

本來預定在頭七時再來一趟，但公司太忙，實在分不了身。奈緒挺著一顆大肚子，我叫她在家裡躺著就好，但她堅持陪我坐上計程車，送我到車站。

這天是星期日，車站內相當熱鬧。由於附近有個賞梅的景點，車站裡全是慕名而來的觀光客。

「梅花都還沒開，竟然來了這麼多人。」

「那裡的梅花祭，總是在梅花還是含苞待放時舉行。」

我走在車站內，望著那些提早來訪的觀光客。當我走到百貨公司與車站的連結走

註：「葷食宴」原文爲「精進落とし」，指日本喪禮習俗中從素食轉爲葷食時所開的筵席，一般於火葬結束後舉辦。

道時，我發現窗外正飄著雪。剛剛來車站的路途中，我曾在計程車裡向外望，看見天上有片灰色的雲。此時所下的雪，大概就是那片雲帶來的。

「沒有傘，妳怎麼回去？」

「反正是搭計程車，無所謂。」

「我去買一把。要走到計程車招呼站，可有一段距離。」

我一看手表，離特快車發車還有一點時間，於是朝雜貨店走去，想給奈緒買把傘。

「我到東京再買就行了。」

「你自己也買一把。」

雜貨店周圍異常擁擠。我穿梭在一大群左顧右盼的觀光客中，緩緩向前進。車站在四年前改建，變得比我當年住在這裡時乾淨，指示的標誌也更清楚了。梅花祭從很久以前便年年舉行，但我不記得我住在這裡的那幾年，是否一樣有這麼多觀光客來訪。從前的回憶已變得模糊不清，只剩下一些無法忘懷的瞬間畫面，還牢牢地釘在我的胸口。從前的觀光客好像比現在少得多，又好像跟現在一樣多。我一邊思索這個問題，一邊朝雜貨店前進。

就在這個時候，我聽見若有似無的呼喚聲。

「……登子。」

我不禁停下腳步。

眼前熙來攘往的畫面，突然變得像攝影鏡頭所拍攝的畫面一樣平板。我緩緩移動視線，就好像轉動三腳架上的攝影機鏡頭方向。車站內的景象異常清晰，緩緩向後飄移、飄移——。

終於我在紛紛攘攘的人群中看到一個女人，接著我又看到一個從未見過的男人。男人朝女人慢慢走近，那男人的年紀看來比我大一點，女人對男人漾起微笑。女人的雙手小心翼翼地抱著一個嬰兒。她輕輕抓起嬰兒的小手，朝男人揮舞，嬰兒的小手隨著女人的白色外套袖子一同搖曳。男人笑著，不知說了句什麼話。

人潮阻擋了我的視線。

那對男女就這麼消失了。

——那是智子。

溫柔地懷抱嬰兒，對著男人微笑的女人，是智子。

不，那不是智子。智子已經死了。

在很久以前，智子就已經死了。

接下來的數秒鐘，我內心出現了一些幻想，獨自沉浸在自己描繪出來的天真想像之中。人群的喧鬧聲及歡笑聲離我愈來愈遠。這世界上有多少人，就有多少幻想，而我的幻想就只是其中微不足道的一個。

——那個人死了。——

我試著想像，會不會有種可能……

那天奈緒會這麼說，只是為了讓我忘掉智子，所以才對我撒了謊，其實智子根本沒有死。奈緒說她是死於自殺，或許並沒有太深的含意，只不過因為她曾讓奈緒心中充滿了陰霾，而自殺，是奈緒認為最殘酷的死法。

我試著想像，會不會有種可能……

奈緒對我說出帳篷火災的真相。但那所謂的真相，是真正的真相嗎？小夜真的會在帳篷裡點燃煙火嗎？那會不會只是一幅奈緒捏造出來的虛偽景象，為了「證明」我不用為小夜的死負責？

接著，我試著推演這些幻想中的故事。

奈緒編出那套謊言，是為了讓我不再為小夜的死而愧疚，沒想到卻反而加深了我的罪惡感。既然那場火災是小夜自己引起的，這表示我將無辜的智子活生生地逼上絕路，然而這樣的結果是奈緒根本料想不到的。在奈緒對我說出那場火災的「真相」時，我還未告訴她，我曾因那場火災的事而對智子惡言相向。

那天晚上，在那陰暗的房間內，奈緒溫柔地將我抱在懷裡，聽我說出一切。聽完我的告白後，她才驚覺，原本為了拯救我而編出的那套謊言，竟造成難以預期的結果。但為時已晚，她無法改口了。

「你快趕不上電車了！」

奈緒在遠處朝我呼喚。

「喂，電車！」

我佇立在不斷流動的人群裡，感覺自己彷彿被包覆在一顆巨大的玻璃球中。那玻璃球內，灌滿了仁慈、悲傷而溫暖的水。

這包覆著我的球體，或許就是奈緒在那個時候為我創造出的一顆雪景球。

「我知道。」

我不暇思索地回應，只是比平常拉高了一點嗓音。我的視線依然面對著剛剛那女人的方向。

我一動也不動地等了片刻。

忽然——就在那短暫的剎那間，我在人群中看見一對朝我望來的眼睛。那是一對令人懷念的雙眸。那對眼眸在看見我的瞬間，驚愕地張大，旋即溫柔地瞇成兩條縫。

或許只是我的錯覺吧。

我走向雜貨店，讓那對眼眸從我的視線中完全消失，人群的聲音再度鑽入我的耳中。他們的喧鬧聲，是一群痛苦流淚的蛇所發出的喧鬧聲。他們的笑聲，是為了遺忘那吞下去後再也吐不出來的景象所發出的笑聲。

我轉頭望向奈緒，她正小心翼翼地捧著圓滾滾的肚子，這讓我想起了巨蟒。那條吞下一整頭大象的蛇，那條看起來又像幽浮又像微扁草帽的蛇。那幅畫裡的蛇到底有沒有眼睛，我已經記不得了。隨著歲月流轉，回憶變得愈來愈遙遠，孩提時代所看到的畫，不管是顏色或線條都已模糊不清。但如果那幅畫裡的蛇有眼睛，那麼我相信，那眼睛一定因痛苦而扭曲，且正在流著眼淚。不管再怎麼痛苦，那條蛇還是沒有吐出肚子裡的東西。蛇只是默默承受著。每個胸中懷抱著謊言的人都在等待，等待溫暖的夕陽射入球體中，融化那些冰冷的雪。

我為奈緒買了把雨傘。

解說／心戒
在雪一般的白色謊言中，焚滅與重生

（本文涉及《球體之蛇》一書情節，請自行斟酌是否閱讀）

在月光下，我看著他蒼白的前額、緊閉的雙眼，以及在風中飄蕩的鬈髮。我忖道：「我所看見的不過是副軀殼，最重要的是那些看不見的……」

——《小王子》安東尼·聖艾修伯里

如果時光可以倒轉，你會想回到什麼時刻呢？是被訕笑得抬不起頭的瞬間？還是令你感到人生崩解的剎那？如果人生可以重來，你又會想再過一次哪個階段的人生？是讓你最感挫敗與悔恨的時期？還是現在想來最無憂無慮的日子？

《球體之蛇》裡的友彥，一度想逃回剛出生的時刻。

於《野性時代》雜誌結束連載後（二〇〇九年三月至二〇〇九年八月），以單行本之姿出版的《球體之蛇》，為道尾秀介帶來第三次入圍直木賞的榮耀。雖最後鎩羽而歸，卻再一次肯定了道尾秀介在創作理念上的改變，更支持著他持續往心中既定的方向，穩健邁步。

初期的道尾，擅長在故事中建構一個專屬的獨特世界，經常以敘述性詭計作為包裝故事的手法，透過巧妙的伏筆與轉折，為讀者帶來交織著驚愕和戰慄的閱讀尾韻。然而，一路追隨道尾作品至今的讀者，應當都能感受他逐步轉變的企圖和努力。這時期的道尾，作品乍看之下往往只是一則單純的故事，平和恬淡的筆觸中，卻總瀰漫著一股風雨欲來的不安寧靜。隨著筆述深入其中，謎樣的氣氛與事件催生了角色們的心境變化，當道尾在終章前為讀者撕裂脆弱的表象，揭露角色心性轉折的剎那，不說破卻又蘊含想像空間的「可能真相」，反而將故事的情感深度瞬間做了無限的延伸，為讀者帶來多面向解答的衝擊。

一如《球體之蛇》開頭所引用、也在故事內讓奈緒用以試煉友彥，出自《小王子》一書的《第一號繪畫作品》，道尾秀介在《球體之蛇》裡藉此詢問：「人們是不是總看到表面，只見著自己想見的東西？」乙太郎憑藉著工作上的閱人經驗，猜出了智子被迫進出綿貫家的可能性，卻獨斷地認定綿貫家的火災，定是逼不得以的智子在走投無路之下，為求解脫的決斷（火災斷絕了自己和家人之間的聯繫，這女孩也是這樣打算的吧）；智子在火災現場，瞥見突然從大門慌亂逃竄的友彥，隔日似有若無的不置可否，讓她武斷地認為，定當是友彥為了她放火殺人（夜夜潛伏在地板下，不就是最好的証明嗎？）；田西召妓時巧遇青梅竹馬小綾，即便對方現在從事應召工作，卻仍舊認出了他，讓他專斷地認為，自己擔負著幫助小綾脫離苦海的責任（畢竟她從前那麼清純，而且千萬債務怎麼可能是一個人就能欠下的呢？）。可這些都是真的嗎？當眾人都以瞎子摸象的態度師心自是，又怎能察覺出隱藏在表象背面的欺瞞謊言，甚至是事實真相？

然而，即便最後察覺了兩場火災可能的真相，吞下智子謊言的乙太郎，終究只得喝著悶酒，在病榻上感嘆自己荒唐的人生而死。縱然知曉綿貫誠一僅是貪圖自己的肉體，相信了綿貫所見的智子，亦只能含淚任由自己的老師欺凌擺布。認定奈緒所言而相信自己害死智子的友彥，即便驚鴻一瞥那與智子相似度極高的女子，依舊為了家庭而選擇轉身離去——一旦吞入謊言，一生都得設法消化而無法吐露，只能懷抱著謊言活下去——雪景球則成了《球體之蛇》中謊言與罪惡的象徵。它既是小夜說謊自導自演失蹤記時，亟欲打破逃離的拘囿，也是智子為求掙脫而相信友彥縱火時，隔離罪惡而存封入內的潔淨之地，亦是友彥心中，兩次殺人的罪惡記憶連結。痛苦地將雪景謊言吞入而不得動彈的巨蟒意象，更是道尾秀介在《球體之蛇》裡，將《小王子》與現實接軌的關鍵象徵。

但這些都是惡意的謊言嗎？儘管在某程度上有違道德，但真實生活中誰沒有說過謊？所謂的真實生活，人們見著的不都是表象？誰知道歡笑後的淚水，和愉悅神情底下無以名狀的悲傷？又有誰不曾為了難以為繼的生活，脫口說出「白色謊言」以掩蓋自己的心情？智子為了友彥，隱瞞了綿貫家大火的真相，說謊並誘惑了乙太郎；友彥為了維持這個無血緣家庭關係的合諧，選擇將自己幼年時偽善的告白深藏心中，順著乙太郎認定的事實答腔回應；白色謊言的揭露，更成了道尾秀介在《球體之蛇》裡用以震驚讀者的雙重心理轉折：智子真如奈緒所言，自殺身亡了嗎？會不會那只是為了讓友彥忘掉智子，脫口而出的謊言？若真如此，曾經告訴友彥和乙太郎「突然冒出火花……姐姐急著想滅火，可是……」的奈緒，在那夜吐露的「帳篷裡的火，是姐姐自己點燃的」祕密，難道不可能是為了保護友彥而更動的事實？如此一來，會不會所謂的真相，到頭來根本就是乙太郎未能將火完全熄滅所造成的？亦或是真如綿貫所見，是智子在夜半時分偷抽的那根香菸所導致？而我們則跟著友彥，經歷了一場被謊言和誤解所左右的悲慘人生？

但會不會有這樣的可能？《球體之蛇》真正的形象，是象徵「自我參照」與「無限循環」的銜尾蛇（Ouroboros）？而兩場火災，則暗示著需經歷自我焚滅的過程才得以重生？大蛇需要咬噬、吞食自己的尾巴才能生存，而無限生長的尾巴又為自己帶來無窮的生命，在自我參照的循環過程中，破壞後方能建構，死亡卻也伴隨著新生，往復交替的周期裡，讓人在一次又一次愛與別離的困境打擊中，被迫看往內心深處，認知到自己是什麼樣的人、懷著什麼樣無法消化的謊言，以及真心的渴望，而後蛻變、成長、茁壯。一如奈緒以白色謊言，為友彥圈築出一道銜尾蛇保護牆，包裹住他刻劃著內心傷痛的雪景球，讓他有機會、有時間釐清往昔登山火災的陰影，甩脫智子過往的糾纏，意識到自己根本不需要（也不應該）逃離，「現在」真正想要的（也該做的），是好好保護奈緒肚子裡的孩子，不要再重蹈自己父親的錯誤，為奈緒提供母親再婚時所感受到的幸福。而這名代表著家庭重建與新生的孩子，才是《球體之蛇》將《小王子》與現實接軌的過程中，帽子底下的真相？

正因盈滿著多樣解答可能的樂趣，讓道尾秀介在創作轉變的過程中，依舊保持著其擅長的精巧轉折，卻逐步切割打磨出絢麗多彩的情感解讀深度。在閃耀著青春光芒的初戀激情，和別離死亡的闃靜沉痛間，道尾秀介透過一則頭尾相銜的故事，賦予經典的《第一號繪畫作品》悲傷卻不失希望的意涵，教人相信，即便心中懷抱矛盾與糾葛，若成長沒有讓我們更加成熟體諒，逐步變得獨立堅強，並試圖相信生活尚有可為，也許，我們都沒能往內心深處去，撥開纏繞糾結的謊言迷霧，看清自己。

作者簡介／心戒

ＭＬＲ推理文學研究會成員，正努力學習以心靈觀照內心的自我，而後變得成熟一點點。

國家圖書館出版品預行編目資料

球體之蛇／道尾秀介著／李彥樺譯； --.初版.- 臺北市；獨步文化：家庭傳媒城邦分公司發行，2013〔民102.04〕
面 ； 公分. --（道尾秀介作品集：10）
譯自：球体の蛇
ISBN 978-986-6043-46-8（平裝）

861.57　　102003345

道尾秀介作品集 10
球體之蛇

原著書名／球体の蛇
原出版社／角川書店
作　　者／道尾秀介
譯　　者／李彥樺
責任編輯／陳亭妤
特約編輯／謝晴

版權部／吳玲緯
行銷業務部／陳亭妤、陳玫潾
編輯總監／劉麗真
總經理／陳逸瑛
榮譽社長／詹宏志
發行人／涂玉雲
出　　版／獨步文化
城邦文化事業股份有限公司
100台北市中山區民生東路二段141號5樓
電話：(02) 2500-7696　傳真：(02)2500-1967
發　　行／英屬蓋曼群島商家庭傳媒股份有限公司城邦分公司
104台北市中山區民生東路二段 141 號 11 樓
讀者服務專線：(02) 25007718；25007719
24 小時傳真服務：(02) 25001990；25001991
服務時間：週一至週五　上午09:30～12:00　下午13:30～17:00
讀者服務信箱E-mail：service@readingclub.com.tw
劃撥帳號：19863813　戶名：書虫股份有限公司
香港發行所／城邦（香港）出版集團有限公司
香港灣仔駱克道 193 號東超商業中心 1 樓
電話：(852) 25086231　傳真：(852) 25789337
E-mail：hkcite@biznetvigator.com
馬新發行所／城邦（馬新）出版集團
41, JalanRadinAnum, Bandar Baru Sri Petaling,
57000 Kuala Lumpur, Malaysia
電話：(603) 90578822　傳真：(603) 90576622
email:cite@cite.com.my

封面設計／范文禎
排　　版／浩瀚電腦排版股份有限公司
印　　刷／中原造像股份有限公司
■ 2013年（民 102）4 月初版
定價／320 元

城邦讀書花園
www.cite.com.tw
Printed in Taiwan

KYUTAI NO HEBI
　ISBN 978-986-6043-46-8

獨步文化 APEX PRESS

廣　告　回　函
北區郵政管理登記證
台北廣字第000791號
郵資已付，免貼郵票

104台北市民生東路二段 141 號 2 樓
英屬蓋曼群島商家庭傳媒股份有限公司
城邦分公司

請沿虛線對摺，謝謝！

獨步文化 APEX PRESS

書號：1UJ010	**書名**：球體之蛇	**編碼**：

請於此處用膠水黏貼

獨步文化 APEX PRESS

讀者回函卡

謝謝您購買我們出版的書籍！

請費心填寫此回函卡，我們將不定期寄上城邦集團最新的出版訊息。

姓名：________________ 性別：□男 □女

生日：西元________年________月________日

地址：________________

聯絡電話：________________ 傳真：________________

E-mail：________________

學歷：□1.小學 □2.國中 □3.高中 □4.大專 □5.研究所以上

職業：□1.學生 □2.軍公教 □3.服務 □4.金融 □5.製造 □6.資訊

□7.傳播 □8.自由業 □9.農漁牧 □10.家管 □11.退休

□12.其他________________

您從何種方式得知本書消息？

□1.書店 □2.網路 □3.報紙 □4.雜誌 □5.廣播 □6.電視

□7.親友推薦 □8.其他________________

您通常以何種方式購書？

□1.書店 □2.網路 □3.傳真訂購 □4.郵局劃撥 □5.其他

您喜歡閱讀哪些類別的書籍？

□1.財經商業 □2.自然科學 □3.歷史 □4.法律 □5.文學

□6.休閒旅遊 □7.小說 □8.人物傳記 □9.生活、勵志 □10.其他

對我們的建議：________________

____

____

為提供訂購、行銷、客戶管理或其他合於營業登記項目或章程所定業務需要之目的，家庭傳媒集團（即英屬蓋曼群島商家庭傳媒股份有限公司城邦分公司、城邦文化事業股份有限公司、書虫股份有限公司、墨刻出版股份有限公司、城邦原創股份有限公司），於本集團之營運期間及地區內，將以mail、傳真、電話、簡訊、郵寄或其他公告方式利用您提供之資料（資料類別：C001、C002、C003、C011等）。利用對象除本集團外，亦可能包括相關服務的協力機構。如您有依個資法第三條或其他需服務之處，得洽詢本公司服務信箱cite_apexpress@cite.com.tw請求協助。相關資料不提供亦不影響您的權益。

□我已詳讀權利義務之相關條款，並同意遵守。

請於此處用膠水黏貼

獨步文化
APEX PRESS

廣　告　回　函
北區郵政管理登記證
台北廣字第000791號
郵資已付，免貼郵票

104台北市民生東路二段 141 號 5 樓

英屬蓋曼群島商家庭傳媒股份有限公司

城邦分公司

獨步文化　　收

請沿此虛線剪下，將活動卡對摺、黏貼後寄回即可

黏貼處

獨步文化 APEX PRESS

== 獨步 2013 集點送 !==
推理御貓 bubu 的獻身
粉絲限定！專屬於推理迷的 bubu 獻禮

10 點 bubu 貓環保筷

15 點 bubu 貓馬克杯

20 點 bubu 貓書衣

你是個超級日本推理迷嗎？每年總是大手筆購買一脫拉庫的獨步好書嗎？那你就是 bubu 貓要獻身的對象啦！獨步自 2012 年始，新書書末皆附有 bubu 貓點數，集點可兌換 bubu 貓的周邊贈品！

【活動辦法】：即日起至 2013 年 12 月 31 日期間，獨步出版新書書末附有「推理御貓 bubu 的獻身」活動卡一張，每卡附贈一枚 bubu 貓點數（見右下角），將點數剪下貼於下方黏貼處，即可依點數兌換 bubu 貓周邊禮品～

◎ 2012 年度所發送的 bubu 貓點數也可參加 2013 年的集點活動哦！
贈品照片及更詳細活動規則請上獨步部落格：http://apexpress.blog66.fc2.com/

【兌獎期間】：即日起至 2014 年 1 月 31 日（郵戳為憑）

【點數黏貼處】

請沿此虛線剪下，將活動卡對摺，黏貼後寄回即可

【聯絡資訊】（煩請以正楷填寫以下資料，以免因字跡辨識困難導致贈品寄送過程延誤）

姓名：＿＿＿＿＿＿＿＿　年齡：＿＿＿＿　性別：□ 男 □ 女

電話：＿＿＿＿＿＿＿＿　E-mail：＿＿＿＿＿＿＿＿＿＿

獎品寄送地址：＿＿＿＿＿＿＿＿＿＿＿＿＿＿＿＿＿＿＿＿

【個人資料蒐集告知事項】為提供訂購、行銷、客戶管理或其他合於營業登記項目或章程所定業務需要之目的，家庭傳媒集團（即英屬蓋曼群島商家庭傳媒股份有限公司城邦分公司、城邦文化事業股份有限公司、書虫股份有限公司、墨刻出版股份有限公司、城邦原創股份有限公司），於本集團之營運期間及地區內，將以 mail、傳真、電話、簡訊、郵寄或其他公告方式利用您提供之資料（資料類別：C001、C002、C003、C011 等）。利用對象除本集團外，亦可能包括相關服務的協力機構。如您有依個資法第三條或其他需服務之處，得洽詢本公司服務信箱 cite_apexpress@cite.com.tw 請求協助。

□ 我已詳讀權利義務之相關條款，並同意遵守。

黏貼處

【注意事項】1. 本活動限臺澎金馬地區讀者參與。 2. 參加者請務必留下有效郵寄地址，若贈品無法投遞，又無法聯絡到本人，恕視同棄權。 3. 本活動卡及 bubu 貓點數影印無效。 4. 獨步文化保留變更活動辦法的權利。

歡迎加入獨步臉書粉絲團　獲得最快最新的出版資訊！bubu 在臉書等你呦～
獨步粉絲團：https://www.facebook.com/APEXPRESS

◀歡迎剪下我

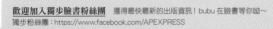